莎士比亚全集·中文本（典藏版）
William Shakespeare: Complete Works

［英］威廉·莎士比亚（William Shakespeare）著
辜正坤 主编／王改娣 译

第 十 二 夜

Twelfth Night, or What You Will

外语教学与研究出版社
北京

京权图字：01-2016-5003

图书在版编目 (CIP) 数据

第十二夜 ／（英）威廉·莎士比亚（William Shakespeare）著 ；王改娣译.
北京：外语教学与研究出版社，2024．6．－－（莎士比亚全集 ／ 辜正坤主编）.
ISBN 978－7－5213－5337－2

I. I561.33

中国国家版本馆 CIP 数据核字第 2024AL2220 号

第十二夜

DI-SHI'ER YE

出 版 人	王 芳
项目负责	邢印姝 郭芮萱
责任编辑	徐 宁
责任校对	李亚琦
封面设计	张 潇
出版发行	外语教学与研究出版社
社 址	北京市西三环北路 19 号（100089）
网 址	https://www.fltrp.com
印 刷	三河市北燕印装有限公司
开 本	710×1000 1/16
印 张	9
字 数	144 千字
版 次	2024 年 6 月第 1 版
印 次	2024 年 6 月第 1 次印刷
书 号	ISBN 978-7-5213-5337-2
定 价	58.00 元

如有图书采购需求，图书内容或印刷装订等问题，侵权、盗版书籍等线索，请拨打以下电话或关注官方服务号：
客服电话：400 898 7008
官方服务号：微信搜索并关注公众号"外研社官方服务号"
外研社购书网址：https://fltrp.tmall.com

物料号：353370001

出版说明

　　1623 年，莎士比亚的演员同僚们倾注心血结集出版了历史上第一部《莎士比亚全集》——著名的第一对开本，这是三百多年来许多导演和演员最为钟爱的莎士比亚文本。2007 年，由英国皇家莎士比亚剧团（Royal Shakespeare Company）推出的《莎士比亚全集》，则是对第一对开本首次全面的修订。

　　本套《莎士比亚全集》新汉译本，正是依据当今莎学界最负声望的皇家版《莎士比亚全集》翻译而成。译本的凡例说明如下：

　　一、文体：剧文有诗体和散体之分。未及最右行末即转行的为诗体。文字连排、直至最右行末转行的，则为散体。

　　二、舞台提示：

　　1）角色的上场与下场及其他舞台提示以仿宋体排出，穿插于剧文中的舞台提示以圆括号进行标注，如：(对亨利王子)。

　　2）舞台提示中的特殊符号。译本所依据的皇家版《莎士比亚全集》的编辑者对舞台提示中的不确定情形以特殊符号予以标注，译本亦保留了这些符号：如 (旁白?) 表示某行剧文既可作为旁白，亦可当作对话；又如某个舞台活动置于箭头 ↓↓ 之间，表示它可发生在一场戏中的多个不同时刻。

　　三、脚注：脚注中除标注有"译者附注"字样的，均译自或改编自皇家版《莎士比亚全集》注释。脚注多为对剧文中背景知识及专名的解释，以使读者更好地理解剧情；亦包含部分与英文原文相关的脚注，以使读者在品味译者的佳文时，亦体验到英文原文的精妙。

四、文本：译本以第一对开本为蓝本，部分剧目中四开本与之明显相异的段落亦有译出，附于正文之后，供读者参考。

此《莎士比亚全集》新汉译本历经策划、翻译、编辑加工和印装等工序，各个环节的参与者均竭尽全力，力求完美，但由于水平、精力所限，难免有所错漏，敬请广大读者赐教指正。

外语教学与研究出版社
综合出版事业部

莎士比亚诗体重译集序

辜正坤

他非一代骚人，实属万古千秋。

这是英国大作家本·琼森（Ben Jonson）在第一部《莎士比亚全集》（*Mr. William Shakespeares Comedies, Histories, & Tragedies*, 1623）扉页上题诗中的诗行。三百多年来，莎士比亚在全球逐步成为一个家喻户晓的名字，似乎与这句预言在在呼应。但这并非偶然言中，有许多因素可以解释莎士比亚这一巨大的文化现象产生的必然性。最关键的，至少有下面几点。

首先，其作品内容具有惊人的多样性。世界上很难有第二个作家像莎士比亚这样能够驾驭如此广阔的题材。他的作品内容几乎无所不包，称得上英国社会的百科全书。帝王将相、走卒凡夫、才子佳人、恶棍屠夫……一切社会阶层都展现于他的笔底。从海上到陆地，从宫廷到民间，从国际到国内，从灵界到凡尘……笔锋所指，无处不至。悲剧、喜剧、历史剧、传奇剧，叙事诗、抒情诗……都成为他显示天才的文学样式。从哲理的韵味到浪漫的爱情，从盘根错节的叙述到一唱三叹的诗思，波涛汹涌的情怀，妙夺天工的笔触，凡开卷展读者，无不为之拊掌称绝。即使只从莎士比亚使用过的海量英语词汇来看，也令人产生仰之弥高的感觉。德国语言学家马克斯·缪勒（Max Müller）原以为莎士比亚使用过的词汇最多为 15,000 个，事后证明这当然是小看了语言大师的词汇储藏量。美国教授爱德华·霍尔登（Edward Holden）经过一番考察后，认为至少达 24,000 个。可是他哪里知道，这依然是一种低估。有学者甚至声称用电脑检索出莎士比亚用的词汇多达 43,566 个！当然，这些数据还不是莎士比亚作品之所以产生空前影响的关键因素。

其次，但也许是更重要的原因：他的作品具有极高的娱乐性。文学作品的生命力在于它能寓教于乐。莎士比亚的作品不是枯燥的说教，而是能够给予读者或观众极大艺术享受的娱乐性创造物，往往具有明显的煽情效果，有意刺激人的欲望。这种艺术取向当然不是纯粹为了娱乐而娱乐，掩藏在背后的是当时西方人强有力的人本主义精神，即用以人为本的价值观来对抗欧洲上千年来以神为本的宗教价值观。重欲望、重娱乐的人本主义倾向明显对重神灵、重禁欲的神本主义产生了极大的挑战。当然，莎士比亚的人本主义与中国古人所主张的人本主义有很大的区别。要而言之，前者在相当大的程度上肯定了人的本能欲望或原始欲望的正当性，而后者则主要强调以人的仁爱为本规范人类社会秩序的高尚的道德要求。二者都具有娱乐效果，但前者具有纵欲性或开放性娱乐效果，后者则具有节欲性或适度自律性娱乐效果。换句话说，对于 16、17 世纪的西方人来说，莎士比亚的作品暗中契合了试图挣脱过分禁欲的宗教教义的约束而走向个性解放的千百万西方人的娱乐追求，因此，它会取得巨大成功是势所必然的。

第三，时势造英雄。人类其实从来不缺善于煽情的作手或视野宏阔的巨匠，缺的常常是时势和机遇。莎士比亚的时代恰恰是英国文艺复兴思潮达到鼎盛的时代。禁欲千年之久的欧洲社会如堤坝围裹的宏湖，表面上浪静风平，其底层却汹涌着决堤的纵欲性暗流。一旦湖堤洞开，飞涛大浪呼卷而下，浩浩汤汤，汇作长河，而莎士比亚恰好是河面上乘势而起的弄潮儿，其迎合西方人情趣的精湛表演，遂赢得两岸雷鸣般的喝彩声。时势不光涵盖社会发展的总趋势，也牵连着别的因素。比如说，文学或文化理论界、政治意识形态对莎士比亚作品理解、阐释的多样性与莎士比亚作品本身内容的多样性产生相辅相成的效果。"说不尽的莎士比亚"成了西方学术界的口头禅。西方的每一种意识形态理论,尤其是文学理论,要想获得有效性,都势必会将阐释莎士比亚的作品作为试金石。17 世纪初的人文主义,18 世纪的启蒙主义,19 世纪的浪漫主义,20世纪的现实主义或批判现实主义,都不同程度地、选择性地把莎士比亚作品作为阐释其理论特点的例证。也许 17 世纪的古典主义曾经阻遏过西方人对莎士比亚作品的过度热情,但是 19 世纪的浪漫主义流派却把莎士比亚作品推崇到无以复加的崇高地位,莎士比亚俨然成了西方文学的神灵。20 世纪以来,西方资本主义阵营和社会主义阵营可以说在意识形态的各个方面都互相对立,势同水火,可是在对待莎士比亚的问题上,居然有着惊人的共识与默契。不用说,社会主义阵营的立场与社会主义理论的创始人马克思(Karl Marx)、恩格斯(Friedrich Engels)个人的审美情趣息息相关。马克思一家都是莎士比亚的粉丝;马克思称莎士比亚为"人类最伟大的天才之一,人类文学奥林波斯山上的宙斯"!他号召作家们要更加莎士比亚化。恩格斯甚至指出:"单是《快乐的温莎巧妇》[1]的第一幕就比全部德国文学包含着更多的生活气息。"不用说,这些话多多少少有某种程度的文学性夸张,但对莎士比亚的崇高地位来说,却无疑产生了极大的推动作用。

第四,1623 年版《莎士比亚全集》奠定莎士比亚崇拜传统。这个版本即眼前译本所依据的皇家版《莎士比亚全集》(*The RSC William Shakespeare: Complete Works*, 2007)的主要内容。该版本产生于莎士比亚去世的第七年。莎士比亚的舞台同仁赫明奇(John Heminge)和康德尔(Henry Condell)整理出版了第一部莎士比亚戏剧集。当时的大学者、大

---

1 英文剧名为 The Merry Wives of Windsor,朱生豪先生译作《温莎的风流娘儿们》;重译本综合考虑剧情和英文书名,译作《快乐的温莎巧妇》。

作家本·琼森为之题诗，诗中写道："他非一代骚人，实属万古千秋。"这个调子奠定了莎士比亚偶像崇拜的传统。而这个传统一旦形成，后人就难以反抗。英国文学中的莎士比亚偶像崇拜传统已经形成了一种自我完善、自我调整、自我更新的机制。至少近两百年来，莎士比亚的文学成就已被宣传成世界文学的顶峰。

第五，现在署名"莎士比亚"的作品很可能不只是莎士比亚一个人的成果，而是凝聚了当时英国若干戏剧创作精英的团体努力。众多大作家的智慧浓缩在以"莎士比亚"为代号的作品集中，其成就的伟大性自然就获得了解释。当然，这最后一点只是莎士比亚研究界若干学者的研究性推测，远非定论。有的莎士比亚著作爱好者害怕一旦证明莎士比亚不是署名为"莎士比亚"的著作的作者，莎士比亚的著作便失去了价值，这完全是杞人忧天。道理很简单，人们即使证明了《红楼梦》的作者不是曹雪芹，或《三国演义》的作者不是罗贯中，也丝毫不影响这些作品的伟大价值。同理，人们即使证明了《莎士比亚全集》不是莎士比亚一个人创作的，也丝毫不会影响《莎士比亚全集》是世界文学中的伟大作品这个事实，反倒会更有力地证明这个事实，因为集体的智慧远胜于个人。

皇家版《莎士比亚全集》译本翻译总思路

横亘于前的这套新译本，是依据当今莎学界最负声望的皇家版《莎士比亚全集》进行翻译的，而皇家版又正是以本·琼森题过诗的 1623 年版《莎士比亚全集》为主要依据。

这套译本是在考察了中国现有的各种译本后，根据新的历史条件和新的翻译目的打造出来的。其总的翻译思路是本套译本主编会同外语教学与研究出版社的相关领导和责任编辑讨论的结果。总起来说，皇家版《莎士比亚全集》译本在翻译思路上主要遵循了以下几条：

1. 版本依据。如上所述，本版汉译本译文以英国皇家版《莎士比亚全集》为基本依据。但在翻译过程中，译者亦酌情参阅了其他版本，以增进对原作的理解。

2. 翻译内容包括：内页所含全部文字。例如作品介绍与评论、正文、注释等。

3. 注释处理问题。对于注释的处理：1）翻译时，如果正文译文已经将英文版某注释的基本含义较准确地表达出来了，则该注释即可取消；2）如果正文译文只是部分地将英文版对应注释的基本含义表达出来，则该注释可以视情况部分或全部保留；3）如果注释本身存疑，可以在保留原注的情况下，加入译者的新注。但是所加内容务必有理有据。

4. 翻译风格问题。对于风格的处理：1）在整体风格上，译文应该尽量逼肖原作整体风格，包括以诗体译诗体，以散体译散体；2）在具体的文字传输处理上，通常应该注重汉译本身的文字魅力，增强汉译本的可读性。不宜太白话，不宜太文言；文白用语，宜尽量自然得体。句子不要太绕，注意汉语自身表达的句法结构，尤其是其逻辑表达方式。意义的异化性不等于文字形式本身的异化性，因此要注意用汉语的归化性来传输、保留原作含义的异化性。朱生豪先生的译本语言流畅、可读性强，但可惜不是诗体，有违原作形式。当下译本是要在承传朱先生译本优点的基础上，根据新时代的读者审美趣味，取得新的进展。梁实秋先生等的译本，在达意的准确性上，比朱译有所进步，也是我们应该吸纳的优点。但是梁译文采不足，则须注意避其短。方平先生等的译本，也把莎士比亚翻译往前推进了一步，在进行大规模诗体翻译方面作出了宝贵的尝试，但是离真正的诗体尚有距离。此外，前此的所有译本对于莎士比亚原作的色情类用语都有程度不同的忽略，本套皇家版译本则尽力在此方面还原莎士比亚的本真状态（论述见后文）。其他还有一些译本，亦都应该受到我们的关注，处理原则类推。每种译本都有自己独特的东西。我们希望美的译文是这套译本的突出特点。

5.借鉴他种汉译本问题。凡是我们曾经参考过的较好的译本，都在适当的地方加以注明，承认前辈译者的功绩。借鉴利用是完全必要的，但是要正大光明，避免暗中抄袭。

6.具体翻译策略问题特别关键，下文将其单列进行陈述。

莎士比亚作品翻译领域大转折：真正的诗体译本

莎士比亚首先是一个诗人。莎士比亚的作品基本上都以诗体写成。因此，要想尽可能还原本真的莎士比亚，就必须将莎士比亚作品翻译成为诗体而不是散文，这在莎学界已经成为共识。但是紧接而来的问题是：什么叫诗体？或需要什么样的诗体？

按照我们的想法：1）所谓诗体，首先是措辞上的诗味必须尽可能浓郁；2）节奏上的诗味（包括分行）等要予以高度重视；3）结合中国人的审美习惯，剧文可以押韵，也可以不押韵。但不押韵的剧文首先要满足前两个要求。

本全集翻译原计划由笔者一个人来完成。但是，莎士比亚的创作具有惊人的多样性，其作品来源也明显具有莎士比亚时代若干其他作家与作品的痕迹，因此，完全由某一个译者翻译成一种风格，也许难免偏颇，难以和莎士比亚风格的多样性相呼应。所以，集众人的力量来完成大业，应该更加合理，更加具有可操作性。

具体说来，新时代提出了什么要求？简而言之，就是用真正的诗体翻译莎士比亚的诗体剧文。这个任务，是朱生豪先生无法完成的。朱先生说过，他在翻译莎士比亚作品时，"当然预备全部用散文译出，否则将要了我的命"。¹ 显然，朱先生也考虑过用诗体来翻译莎士比亚著作的问题，但是他的结论是：第一，靠单独一个人用诗体翻译《莎士比亚全集》是办不到的，会因此累死；第二，他用散文翻译也是不得已的办法，因为只有这样他才有可能在有生之年完成《莎士比亚全集》的翻译工作。

将《莎士比亚全集》翻译成诗体比翻译成散文体要难得多。难到什么程度呢？和朱生豪先生的翻译进度比较一下就知道了。朱先生翻译得最快的时候，一天可以翻译一万字。² 为什么会这么快？朱先生才华过人，这当然是一个因素，但关键因素是：他是用散文翻译的。用真正的诗体就不一样了。以笔者自己的体验，今日照样用散文翻译莎士比亚剧本，最快时也可达到每日一万字。这是因为今日的译者有比以前更完备的注释本和众多的前辈汉译本作参考，至少在理解原著时，要比朱先生当年省力得多，所以翻译速度上最高达到一万字是不难的。但是翻译成诗体就是另外一回事了。这比自己写诗还要难得多。写诗是自己随意发挥，译诗则必须按照别人的意思发挥，等于是戴着镣铐跳舞。笔者自己写诗，诗兴浓时，一天数百行都可以写得出来，但是翻译诗，一天只能是几十行，统计成字数，往往还不到一千字，最多只是朱生豪先生散文翻译速度的十分之一。梁实秋先生翻译《莎士比亚全集》用的也是散文，但是也花了 37 年，如果要翻译成真正的诗体，那么至少得 370 年！由此可见，真正的诗体《莎士比亚全集》汉译本的诞生，有多么艰难。此次笔者约稿的各位译者，都是用诗体翻译，并且都表示花费了大量的时间，

1　见朱生豪大约在 1936 年夏致宋清如信："今天下午，我试译了两页莎士比亚，还算顺利，不过恐怕终于不过是 Poor Stuff 而已。当然预备全部用散文译出，否则将要了我的命。"(《伉俪：朱生豪宋清如诗文选》下卷，中国青年出版社，2013 年，第 94 页）

2　朱生豪："今天因为提起了精神，却很兴奋，晚上译了六千字，今天一共译一万字。"(同上，第 101 页）

皇家版《莎士比亚全集》译本凝聚了诸位译者的多少努力，也就不言而喻了。

翻译诗体分辨：不是分了行就是真正的诗

　　主张将莎士比亚剧作翻译成诗体成了共识，但是什么才是诗体，却缺乏共识。在白话诗盛行的时代，许多人只是简单地认定分了行的文字就是诗这个概念。分行只是一个初级的现代诗要求，甚至不必是必然要求，因为有些称为诗的文字甚至连分行形式都没有。不过，在莎士比亚作品的翻译上，要让译文具有诗体的特征，首先是必定要分行的，因为莎士比亚原作本身就有严格的分行形式。这个不用多说。但是译文按莎士比亚的方式分了行，只是达到了一个初级的低标准。莎士比亚的剧文读起来像不像诗，还大有讲究。

　　卞之琳先生对此是颇有体会的。他的译本是分行式诗体，但是他自己也并不认为他译出的莎士比亚剧本就是真正的诗体译本。他说：读者阅读他的译本时，"如果……不感到是诗体，不妨就当散文读，就用散文标准来衡量"。[1] 这是一个诚实的译者说出的诚实话。不过，卞先生很谦虚，他有许多剧文其实读起来还是称得上诗体的。原因是什么？原因是他注意到了笔者上文提到的两点：第一，诗的措辞；第二，诗的节奏。只不过他迫于某些客观原因，并没有自始至终侧重这方面的追求而已。

　　显然，一些译本翻译了莎士比亚的剧文，在行数上靠近莎士比亚原作，措辞也还流畅。这些是不是就是理想的诗体莎士比亚译本呢？笔者认为，这还不够。什么是诗，对于中国人来说有几千年的历史，我们不

1　卞之琳：《莎士比亚悲剧四种》，方志出版社，2007 年，第 4 页。

能脱离这个悠久的传统来讨论这个问题。为此，我们不得不重新提到一些基本概念：什么是诗？什么是诗歌翻译？

诗歌是语言艺术，诗歌翻译也就必须是语言艺术

讨论诗歌翻译必须从讨论诗歌开始。

诗主情。诗言志。诚然。但诗歌首先应该是一种精妙的语言艺术。同理，诗歌的翻译也就不得不首先表现为同类精妙的语言艺术。若译者的语言平庸而无光彩，与原作的语言艺术程度差距太远，那就最多只是原诗含义的注释性文字，算不得真正的诗歌翻译。

那么，何谓诗歌的语言艺术？

无他，修辞造句、音韵格律一整套规矩而已。无规矩不成方圆，无限制难成大师。奥运会上所有的技能比赛，无不按照特定的规矩来显示参赛者高妙的技能。德国诗人歌德（Johann Wolfgang von Goethe）《自然和艺术》（"Natur und Kunst"）一诗最末两行亦彰扬此理：

非限制难见作手，

唯规矩予人自由。[1]

艺术家的"自由"，得心应手之谓也。诗歌既为语言艺术，自然就有一整套相应的语言艺术规则。诗人应用这套规则时，一旦达到得心应手的程度，那就是达到了真正成熟的境界。当然，规矩并非一点都不可打破，但只有能够将规矩使用到随心所欲而不逾矩的程度的人，才真正有资格去创立新规矩，丰富旧规矩。创新是在承传旧规则长处的基础上来进行的，而不是完全推翻旧规则，肆意妄为。事实证明，在语言艺术上

1　In der Beschränkung zeigt sich erst der Meister, / Und das Gesetz nur kann uns Freiheit geben. 参见 http://www.business-it.nl/files/7d413a5dca62fc735a072b16fbf050b1-27.php.

凡无视积淀千年的诗歌语言规则，随心所欲地巧立名目、乱行胡来者，永不可能在诗歌语言艺术上取得大的成就，所以歌德认为：

> 若徒有放任习性，
> 则永难至境遨游。[1]

诗歌语言艺术如此需要规则，如此不可放任不羁，诗歌的翻译自然也同样需要相类似的要求。这个要求就是笔者前面提出的主张：若原诗是精妙的语言艺术，则理论上说来，译诗也应是同类精妙的语言艺术。

但是，"同类"绝非"同样"。因为，由于原作和译作使用的语言载体不一样，其各自产生的语言艺术规则和效果也就各有各的特点，大多不可同样复制、照搬。所以译作的最高目标，是尽可能在译入语的语言艺术领域达到程度大致相近的语言艺术效果。这种大致相近的艺术效果程度可叫作"最佳近似度"。它实际上也就是一种翻译标准，只不过针对不同的文类，最佳近似度究竟在哪些因素方面可最佳程度地（并不一定是最大程度地）取得近似效果，不是一成不变的，而是具有高度的灵活性。不同的文类，甚至针对不同的受众，我们都可以设定不同的最佳近似度。这点在拙著《中西诗比较鉴赏与翻译理论》（清华大学出版社，2010 年）的相关章节中有详细的厘定，此不赘。

话与诗的关系：话不是诗

古人的口语本来就是白话，与现在的人说的口语是白话一个道理。

---

1 Vergebens werden ungebundene Geister / Nach der Vollendung reiner Höhe streben. 参 见 http://www.cosmiq.de/qa/show/3454062/Vergebens-werden-ungebundne-Geister-Nach-der-Vollendung-reiner-Hoehe-streben-Was-ist-die-Bedeutung-dieser-2-Verse-Ich-komm-nicht-drauf/t.

正因为白话太俗，不够文雅，古人慢慢将白话进行改进，使它更加规范、更加准确，并且用语更加丰富多彩，于是文言产生。在文言的基础上，还有更文的文字现象，那就是诗歌，于是诗歌产生。所以就诗歌而言，文言味实际上就是一种特殊的诗味。文言有浅近的文言，也有佶屈聱牙的文言。中国传统诗歌绝大多数是浅近的文言，但绝非口语、白话。诗中有话的因素，自不待言，但话的因素往往正是诗试图抑制的成分。

文言和诗歌的产生是低俗的口语进化到高雅、准确层次的标志。文言和诗歌的进一步发展使得语言的艺术性愈益增强。最终，文言和诗歌完成了艺术性语言的结晶化定型。这标志着古代文学和文学语言的伟大进步。《诗经》、楚辞、唐诗、宋词、元明戏曲，以及从先秦、汉、唐、宋、元至明清的散文等，都是中国语言艺术逐步登峰造极的明证。

人们往往忘记：话不是诗，诗是话的升华。话据说至少有**几十万年**的历史，而诗却只有**几千年**的历史。白话通过漫长的岁月才升华成了诗。因此，从理论上说，白话诗不是最好的诗，而只是低层次的、初级的诗。当一行文字写得不像是话时，它也许更像诗。"太阳落下山去了"是话，硬说它是诗，也只是平庸的诗，人人可为。而同样含义的"白日依山尽"不像是话，却是真正的诗，非一般人可为，只有诗人才写得出。它的语言表达方式与一般人的通用白话脱离开来了，实现了与通用语的偏离（deviation from the norm）。这里的通用语指人们天天使用的白话。试想把唐诗宋词译成白话，还有多少诗味剩下来？

谢谢古代先辈们一代又一代、不屈不挠的努力，话终于进化成了诗。

但是，20 世纪初一些激进的中国学者鼓荡起一场声势浩大的白话文运动。

客观说来，用白话文来书写、阅读自然科学和人文科学文献，例如哲学、政治学、伦理学、经济学等等文献，这都是**伟大的进步**。这个进步甚至可以上溯到八百多年前朱熹等大学者用白话体文章传输理学思想。对此笔者非常拥护，非常赞成。

但是约一百年前的白话诗运动却未免走向了极端，事实上是一种语言艺术方面的倒退行为。已经高度进化的诗词曲形式被强行要求返祖回归到三千多年前的类似白话的状态，已经高度语言艺术化了的诗被强行要求退化成话。艺术性相对较低的白话反倒成了正统，艺术性较高的诗反倒成了异端。其实，容许口语类白话诗和文言类诗并存，这才是正确的选择。但一些激进学者故意拔高白话地位，在诗歌创作领域搞成白话至上主义，这就走上了极端主义道路。

这个运动影响到诗歌翻译的结果是什么呢？结果是西方所有的大诗人，不论是古代的还是近代的，如荷马（Homer）、但丁（Dante）、莎士比亚、歌德、雨果（Victor Hugo）、普希金（Alexander Pushkin）……都莫名其妙地似乎用同一支笔写出了 20 世纪初才出现的味道几乎相同的白话文汉诗！

将产生这种极端性结果的原因再回推，我们会清楚地明白，当年的某些学者把文学艺术简单雷同于人文社会科学，误解了文学艺术，尤其是诗歌艺术的特殊性质，误以为诗就是话，混淆了诗与话的形式因素。

针对莎士比亚戏剧诗的翻译对策

由上可知，莎士比亚的剧文既然大多是格律诗，无论有韵无韵，它们都是诗，都有格律性。因此在汉译中，我们就有必要显示出它具有格律性，而这种格律性就是诗性。

问题在于，格律性是附着在语言形式上的；语言改变了，附着其上的格律性也就大多会消失。换句话说，格律大多不可复制或模仿，这就正如用钢琴弹不出二胡的效果，用古筝奏不出黑管的效果一样。但是，原作的内在旋律是可以模仿的，只是音色变了。原作的诗性是可以换个形式营造的，这就是利用汉语本身的语言特点营造出大略类似的语言艺术审美效果。

由于换了另外一种语言媒介，原作的语音美设计大多已经不能照搬、复制，甚至模拟了，那么我们就只好断然舍弃掉原作的许多语音美设计，而代之以译入语自身的语言艺术结构产生的语音美艺术设计。当然，原作的某些语音美设计还是可以尝试模拟保留的，但在通常的情况下，大多数的语音美已经不可能传输或复制了。

利用汉语本身的语音审美特点来营造莎士比亚诗歌的汉译语音审美效果，是莎士比亚作品翻译的一个有效途径。机械照搬原作的语音审美模式多半会失败，并且在大多数的场合下也没有必要。

具体说来，这就涉及翻译莎士比亚戏剧作品时该如何处理：1）节奏；2）韵律；3）措辞。笔者主张，在这三个方面，我们都可以适当借鉴利用中国古代词曲体的某些因素。戏剧剧文中的诗行一般都不宜多用单调的律诗和绝句体式。元明戏剧为什么没有采用前此盛行的五言或七言诗行而采用了长短错杂、众体皆备的词曲体？这是一种艺术形式发展的必然。元明曲体由于要更好更灵活地满足抒情、叙事、论理等诸多需要，故借用发展了词的形式，但不是纯粹的词，而是融入了民间语汇。词这种形式涵盖了一言、二言、三言、四言、五言、六言、七言、八言……乃至十多言的长短句式，因此利于表达变化莫测的情、事、理。从这个意义上看，莎士比亚剧文语言单位的参差不齐状态与中文词曲体句式的参差不齐状态正好有某种相互呼应的效果。

也许有人说，莎士比亚的剧文虽然是格律诗，但并不怎么押韵，因此汉诗翻译也就不必押韵。这个说法也有一定道理，但是道理并不充实。

首先，我们应该明白，既然莎士比亚的剧文是诗体，人们读到现今

的散体译文或不押韵的分行译文却难以感受到其应有的诗歌风味，原因
即在于其音乐性太弱。如果人们能够照搬莎士比亚素体诗所惯常用的音
步效果及由此引起的措辞特点，当然更好。但事实上，原作的节奏效果
是印欧语系语言本身的效果，换了一种语言，其效果就大多不能搬用了，
所以我们只好利用汉语本身的优势来创造新的音乐美。这种音乐美很难
说是原作的音乐美，但是它毕竟能够满足一点：即诗体剧文应该具有诗
歌应有的音乐美这个起码要求。而汉译的押韵可以强化这种音乐美。

其次，莎士比亚的剧文不押韵是由诸多因素造成的。第一，属于印
欧语系语言的英语在押韵方面存在先天的多音节不规则形式缺陷，导致
押韵词汇范围相对较窄。所以对于英国诗人来说，很苦于押韵难工；莎
士比亚的许多押韵体诗，例如十四行诗，在押韵方面都不很工整。其次，
莎士比亚的剧文虽不押韵，却在节奏方面十分考究，这就弥补了音韵方
面的不足。第三，莎士比亚的剧文几乎绝大多数是诗行，对于剧作者来
说，每部长达两三千行的诗行行都要押韵，这是一个极大的挑战，很难
完成。而一旦改用素体，剧作者便会轻松得多。但是，以上几点对于汉
语译本则不是一个问题。汉语的词汇及语音构成方式决定了它天生就是
一种有利于押韵的艺术性语言。汉语存在大量同韵字，押韵是一件很容
易的事情。汉语的语音音调变化也比莎士比亚使用的英语的音调变化空
间大一倍以上。汉语音调至少有四种（加上轻重变化可达六至八种），而
英语的音调主要局限于轻重语调两种，所以存在于印欧语系文字诗歌中
的频频押韵有时会产生的单调感，在汉语中会在很大程度上由于语调的
多变而得到缓解。故汉语戏剧剧文在押韵方面有很大的潜在优势空间，
实际上元明戏剧剧文频频押韵就是证明。

第三，莎士比亚的剧文虽然很多不押韵，但却具极强的节奏感。他
惯用的格律多半是抑扬格五音步（iambic pentameter）诗行。如果我们在
节奏方面难以传达原作的音美，或者可以通过韵律的音美来弥补节奏美

的丧失，这种翻译对策谓之堤内损失堤外补，亦谓失之东隅，收之桑榆。我们的语言在某方面有缺陷，可以通过另一方面的优点来弥补。当然，笔者主张在一定程度上借鉴利用传统词曲的风味，却并不主张使用宋词、元曲式的严谨格律，而只是追求一种过分散文化和过分格律化之间的妥协状态。有韵但是不严格，要适当注意平仄，但不过多追求平仄效果及诗行的整齐与否；不必有太固定的建行形式，只是根据诗歌本身的内容和情绪赋予适当的节奏与韵式。在措辞上则保持与白话有一段距离，但是绝非佶屈聱牙的文言，而是趋近典雅、但普通读者也能读懂的语言。

最后，根据翻译标准多元互补论原理，由于莎士比亚作品在内容、形式及审美效应方面具有多样性，因此，只用一种类乎纯诗体译法来翻译所有的莎士比亚剧文，也是不完美的，因为单一的做法也许无形中堵塞了其他有益的审美趣味通道。因此，这套译本的译风虽然整体上强调诗化、诗味，但是在营造诗味的途径和程度上不是单一的。我们允许诗体译风的灵活性和创新性。多译者译法实际上也是在探索诗体译法的诸多可能性，这为我们将来进一步改进这套译本铺垫了一条较宽的道路。因此，译文从严格押韵、半押韵到不押韵的各个程度，译本都有涉猎。但是，无论是否押韵，其节奏和措辞应该总是富于诗意，这个要求则是统一的。这是我们对皇家版《莎士比亚全集》译本的语言和风格要求。不能说我们能完全达到这个目标，但我们是往这个方向努力的。正是这样的努力，使这套译本与前此译本有很大的差异，在一定的意义上来说，标志着中国莎士比亚著作翻译的一次大转折。

翻译突破：还原莎士比亚作品禁忌区域

另有一个课题是中国学者从前讨论得比较少的禁忌领域，即莎士比亚著作中的性描写现象。

　　许多西方学者认为，莎士比亚酷爱色情字眼，他的著作渗透着性描写、性暗示。只要有机会，他就总会在字里行间，用上与性相联系的双关语。西方人很早就搜罗莎士比亚著作的此类用语，编纂了莎士比亚淫秽用语词典。这类词典还不止一种。1995 年，我又看到弗朗基·鲁宾斯坦（Frankie Rubinstein）等编纂了《莎士比亚性双关语释义词典》（*A Dictionary of Shakespeare's Sexual Puns and Their Significance*），厚达 372 页。

　　赤裸裸的性描写或过多的淫秽用语在传统中国文学作品中是受到非议的，尽管有《金瓶梅》这样被判为淫秽作品的文学现象，但是中国传统的主流舆论还是抑制这类作品的。莎士比亚的作品固然不是通常意义上的淫秽作品，但是它的大量实际用语确实有很强的色情味。这个极鲜明的特点恰恰被前此的所有汉译本故意掩盖或在无意中抹杀掉。莎士比亚的所有汉译者，尤其是像朱生豪先生这样的译者，显然不愿意中国读者看到莎士比亚的文笔有非常泼辣的大量使用性相关脏话的特点。这个特点多半都被巧妙地漏译或改译。于是出现一种怪现象，莎士比亚著作中有些大段的篇章变成汉语后，尽管读起来是通顺的，读者对这些话语却往往感到莫名其妙。以《罗密欧与朱丽叶》第一幕第一场前面的 30 行台词为例，这是凯普莱特家两个仆人山普孙与葛莱古里之间的淫秽对话。但是，读者阅读过去的汉译本时，很难看到他们是在说淫秽的脏话，甚至会认为这些对话只是仆人之间的胡话，没有什么意义。

　　不过，前此的译本对这类用语和描写的态度也并不完全一样，而是依据年代距离在逐步改变。朱生豪先生的译本对这些东西删除改动得最多，梁实秋先生已经有所保留，但还是有节制。方平先生等的译本保留得更多一些，但仍然持有相当的保留态度。此外，从英语的不同版本看，有的版本注释得明白，有的版本故意模糊，有的版本注释者自己也没有弄懂这些双关语，那就更别说中国译者了。

在这一点上，我们目前使用的皇家版《莎士比亚全集》是做得最好的。

那么，我们该怎样来翻译莎士比亚的这种用语呢？是迫于传统中国道德取向的习惯巧妙地回避，还是尽可能忠实地传达莎士比亚的本真用意？我们认为，前此的译本依据各自所处时代的中国人道德价值的接受状态，采用了相应的翻译对策，出现了某种程度的曲译，这是可以理解的，是特定历史条件下的产物。但是，历史在前进，中国人的道德观已经有了很大的改变，尤其是在性禁忌领域。说实话，无论我们怎样真实地还原莎士比亚著作中的性双关描写，比起当代文学作品中有时无所忌讳的淫秽描写来，莎士比亚还真是有小巫见大巫的感觉。换句话说，目前中国人在这方面的外来道德价值接受状态，已经完全可以接受莎士比亚著作中的性双关用语了。因此，我们的做法是尽可能真实还原莎士比亚性相关用语的现象。在通常的情况下，如果直译不能实现这种现象的传输，我们就采用注释。可以说，在这方面，目前这个版本是所有莎士比亚汉译本中做得最超前的。

译法示例

莎士比亚作品的文字具有多种风格，早期的、中期的和晚期的语言风格有明显区别，悲剧、喜剧、历史剧、十四行诗的语言风格也有区别。甚至同样是悲剧或喜剧，莎士比亚的语言风格往往也会很不相同。比如同样是属于悲剧，《罗密欧与朱丽叶》剧文中就常常有押韵的段落，而大悲剧《李尔王》却很少押韵；同样是喜剧，《威尼斯商人》是格律素体诗，而《快乐的温莎巧妇》却大多是散文体。

与此现象相应，我们的翻译当然也就有多种风格。虽然不完全一一对应，但我们有意避免将莎士比亚著作翻译成千篇一律的一种文体。从这个意义上说，皇家版《莎士比亚全集》汉译本在某些方面采用了全新的译法。这种全新译法不是孤立的一种译法，而是力求展示多种翻译风格、多种审美尝试。多样化为我们将来精益求精提供了相对更多的选择。如果现在固定为一种单一的风格，那么将来要想有新的突破，就困难了。概括说来，我们的多种翻译风格主要包括：1）有韵体诗词曲风味译法；2）有韵体现代文白融合译法；3）无韵体白话诗译法。下面依次选出若干相应风格的译例，供读者和有关方面品鉴。

一、有韵体诗词曲风味译法

有韵体诗词曲风味译法注意使用一些传统诗词曲中诗味比较浓郁的词汇，同时注意遣词不偏僻，节奏比较明快，音韵也比较和谐。但是，它们并不是严格意义上的传统诗词曲，只是带点诗词曲的风味而已。例如：

女巫甲	何时我等再相逢？
	闪电雷鸣急雨中？
女巫乙	待到硝烟烽火静，
	沙场成败见雌雄。
女巫丙	残阳犹挂在西空。

（《麦克白》第一幕第一场）

小丑甲	当时年少爱风流，
	有滋有味有甜头；
	行乐哪管韶华逝，
	天下柔情最销愁。

（《哈姆莱特》第五幕第一场）

朱丽叶　天未曙，罗郎，何苦别意匆忙？

　　　　鸟音啼，声声亮，惊骇罗郎心房。

　　　　休听作破晓云雀歌，只是夜莺唱，

　　　　石榴树间，夜夜有它设歌场。

　　　　信我，罗郎，端的只是夜莺轻唱。

罗密欧　不，是云雀报晓，不是莺歌，

　　　　看东方，无情朝阳，暗洒霞光，

　　　　流云万朵，镶嵌银带飘如浪。

　　　　星斗如烛，恰似残灯剩微芒，

　　　　欢乐白昼，悄然驻步雾嶂群岗。

　　　　奈何，我去也则生，留也必亡。

朱丽叶　听我言，天际微芒非破晓霞光，

　　　　只是金乌，吐射流星当空亮，

　　　　似明炬，今夜为郎，朗照边邦，

　　　　何愁它曼托瓦路，漫远悠长。

　　　　且稍待，正无须行色皇皇仓仓。

罗密欧　纵身陷人手，蒙斧钺加诛于刑场；

　　　　只要这勾留遂你愿，我欣然承当。

　　　　让我说，那天际灰朦，非黎明醒眼，

　　　　乃月神眉宇，幽幽映现，淡淡辉光；

　　　　那歌鸣亦非云雀之讴，哪怕它

　　　　嚣然振动于头上空冥，嘹亮高亢。

　　　　我巴不得栖身此地，永不他往。

　　　　来吧，死亡！倘朱丽叶愿遂此望。

　　　　如何，心肝？畅谈吧，趁夜色迷茫。

　　　　　　　　　（《罗密欧与朱丽叶》第三幕第五场）

二、有韵体现代文白融合译法

有韵体现代文白融合译法的特点是：基本押韵，措辞上白话与文言尽量能够水乳交融；充分利用诗歌的现代节奏感，俾便能够念起来朗朗上口。例如：

哈姆莱特 死，还是生？这才是问题根本：

莫道是苦海无涯，但操戈奋进，

终赢得一片清平；或默对逆运，

忍受它箭石交攻，敢问，

两番选择，何为上乘？

死灭，睡也，倘借得长眠

可治心伤，愈千万肉身苦痛痕，

则岂非美境，人所追寻？死，睡也，

睡中或有梦魇生，唉，症结在此；

倘能撒手这碌碌凡尘，长入死梦，

又谁知梦境何形？念及此忧，

不由人踌躇难定：这满腹疑情

竟使人苟延年命，忍对苦难平生。

假如借短刀一柄，即可解脱身心，

谁甘愿受人世的鞭挞与讥评，

强权者的威压，傲慢者的骄横，

失恋的痛楚，法律的耽延，

官吏的暴虐，甚或默受小人

对贤德者肆意拳脚加身？

谁又愿肩负这如许重担，

流汗、呻吟，疲于奔命，

倘非对死后的处境心存疑云，

惧那未经发现的国土从古至今
无孤旅归来，意志的迷惘
使我辈宁愿忍受现世的忧闷，
而不敢飞身投向未知的苦境？
前瞻后顾使我们全成懦夫，
于是，本色天然的决断决行，
罩上了一层思想的惨淡余阴，
只可惜诸多待举的宏图大业，
竟因此如逝水忽然转向而行，
失掉行动的名分。　　　　（《哈姆莱特》第三幕第一场）

麦克白　　若做了便是了，则快了便是好。
若暗下毒手却能横超果报，
割人首级却赢得绝世功高，
则一击得手便大功告成，
千了百了，那么此际此宵，
身处时间之海的沙滩、岸畔，
何管它来世风险逍遥。但这种事，
现世永远有裁判的公道：
教人杀戮之策者，必受杀戮之报；
给别人下毒者，自有公平正义之手
让下毒者自食盘中毒肴。　　　（《麦克白》第一幕第七场）

损神，耗精，愧煞了浪子风流，
都只为纵欲眠花卧柳，
阴谋，好杀，赌假咒，坏事做到头；

心毒手狠，野蛮粗暴，背信弃义不知羞。

才尝得云雨乐，转眼意趣休。

舍命追求，一到手，没来由

便厌腻个透。呀恰，恰像是钓钩，

但吞香饵，管教你六神无主不自由。

求时疯狂，得时也疯狂，

曾有，现有，还想有，要玩总玩不够。

适才是甜头，转瞬成苦头。

求欢同枕前，梦破云雨后。

唉，普天下谁不知这般儿歹症候，

却避不得便往这通阴曹的天堂路儿上走！

（十四行诗第一百二十九首）

三、无韵体白话诗译法

无韵体白话诗译法的特点是：虽然不押韵，但是译文有很明显的和谐节奏，措辞畅达，有诗味，明显不是普通的口语。例如：

贡妮芮　父亲，我爱您非语言所能表达；

胜过自己的眼睛、天地、自由；

超乎世上的财富或珍宝；犹如

德貌双全、康强、荣誉的生命。

子女献爱，父亲见爱，至多如此；

这种爱使言语贫乏，谈吐空虚：

超过这一切的比拟——我爱您。（《李尔王》第一幕第一场）

李尔　国王要跟康沃尔说话，慈爱的父亲

要跟他女儿说话，命令、等候他们服侍。

这话通禀他们了吗？我的气血都飙起来了！
火爆？火爆公爵？去告诉那烈性公爵——
不，还是别急：也许他是真不舒服。
人病了，常会疏忽健康时应尽的
责任。身子受折磨，
逼着头脑跟它受苦，
人就不由自主了。我要忍耐，
不再顺着我过度的轻率任性，
把难受病人偶然的发作，错认是
健康人的行为。我的王权废掉算了！
为什么要他坐在这里？这种行为
使我相信公爵夫妇不来见我
是伎俩。把我的仆人放出来。
去跟公爵夫妇讲，我要跟他们说话，
现在就要。叫他们出来听我说，
不然我要在他们房门前打起鼓来，
不让他们好睡。　　　　　　（《李尔王》第二幕第二场）

奥瑟罗　诸位德高望重的大人，
　　　　　我崇敬无比的主子，
　　　　　我带走了这位元老的女儿，
　　　　　这是真的；真的，我和她结了婚，说到底，
　　　　　这就是我最大的罪状，再也没有什么罪名
　　　　　可以加到我头上了。我虽然
　　　　　说话粗鲁，不会花言巧语，
　　　　　但是七年来我用尽了双臂之力，

直到九个月前，我一直
都在战场上拼死拼活，
所以对于这个世界，我只知道
冲锋向前，不敢退缩落后，
也不会用漂亮的字眼来掩饰
不漂亮的行为。不过，如果诸位愿意耐心听听，
我也可以把我没有化装掩盖的全部过程，
一五一十地摆到诸位面前，接受批判：
我绝没有用过什么迷魂汤药、魔法妖术，
还有什么歪门邪道——反正我得到他的女儿，
全用不着这一套。　　　　　（《奥瑟罗》第一幕第三场）

目　录

《第十二夜》导言

"什么是爱？"小丑费斯特在一首歌中问道。这是个古老的问题。最有影响力的一种回答记录在柏拉图（Plato）的对话录《会饮篇》（*Symposium*）里，那是虚构出来借古希腊喜剧作家阿里斯托芬（Aristophanes）之口说的。爱情，阿里斯托芬答曰，是追寻，是旅程，去寻找我们丢失的另一半。

这种观点可用人类起源的故事来解释。最初性别一分为三而非二：男性、女性和两种性别的混合，即雌雄同体。此外，初民如球，四手四足双面孔。人类的野心由此滋长，竟敢反抗奥林匹亚诸神。宙斯（Zeus）决定削弱我们，把人类一劈为二，"像腌苹果时一劈两半"。结果现在每个人只有俩腿、俩胳膊、一张脸，同时还总感觉自己缺了一半。我们苦思冥想、念念不忘，希望有一天能找到自己的另一半——真正意义上的精神伴侣。假如你这一半来自男性完整体，你就会对另外一名男性充满欲望（就像这部剧中的安东尼奥那样——或者像奥西诺，当他恋上"西萨里奥"？）；如果来自女性完整体，就会渴望女人（奥丽维亚对乔装打扮的薇奥拉充满欲望？）。这两种倾向就是如今所说的同性恋。

只有当你的最初完整体是雌雄同体，你才会被异性吸引，正如薇奥拉被奥西诺吸引；托比爵士，此剧中分量最重的角色，被玛利娅吸引。当一个人遇到他或她的那一半，"他真正的另一半，"《会饮篇》解释道，"两人会坠入神奇的爱情、友情与亲密关系中，一个人片刻都不愿离开另一人的视线：这就是那些终生厮守却说不清他们到底爱对方哪一点的人"。

此类神话不过是讲故事，但却契合人类长久以来一个根深蒂固的信念：没有爱情、没有伴侣，我们终究是不完整的。在理想世界里，我们都会拥有真正合适的伴侣。我们真切地明白欲望和繁殖永远与结合和分裂相连：欢爱时两人合二为一；我们是由 X 染色体和 Y 染色体、男性精子和女性卵子、两种不同基因结合而生。

如果爱情是对我们自己完美版本的追寻，那我们对双胞胎的迷恋就容易理解了。他们就像一个人活生生被一分为二，最典型的例子莫过于连体婴儿，会让人想起《会饮篇》中初民如未劈开的苹果那个故事。同时，双胞胎现象经常会带来某种焦虑。在古希腊，人们通常认为一个生育了双胞胎的女子必定有两名男性使其受孕。某些神话中的双胞胎代表了完美统一体——就像卡斯托耳(Castor) 和波鲁克斯(Pollux)，"双子宫"或双子星座象征完美的友谊——但其他一些双胞胎却代表着对立或分裂。奥维德（Ovid）的《变形记》（*Metamorphoses*）中有位仙女生了对双胞胎，其父是阿波罗(Apollo)，音乐、光明之神和墨丘利(Mercury)，盗窃、诡计之神；斯宾塞（Spenser）的《仙后》（*Faerie Queene*）中有一对孪生姐妹，分别代表贞节与色情；在奥维德的另一首诗《岁时记》（*Fasti*）中，一个叫拉剌（Lara）的女孩被墨丘利奸污，生了拉瑞斯兄弟（the Lares Compitales），他们成为岔路的守护神。这些双胞胎象征了我们的生命由永不停歇的选择构成，就像我们面前的岔道一样。

也许所有关于双胞胎的故事中最有感染力的是那些出生不久就分开的兄妹，成年时重逢，彼此陷入热烈又无所顾忌的爱情：就像西格蒙德（Siegmund）和西格林德（Sieglinde） ——理查德·瓦格纳（Richard

Wagner）在《女武神》（*Die Walküre*）中塑造的人物。他们被认为是西方文化中这个主题的最高典范。兄妹乱伦在文艺复兴戏剧中有所涉及，最著名的首推约翰・福特（John Ford）杰出的阴暗悲剧《可惜她是个妓女》（*'Tis Pity She's a Whore*），但莎士比亚避开了这个危险主题。他重构《会饮篇》中最初的雌雄同体的方法是让薇奥拉乔装扮成了"西萨里奥"。男人和女人，奥西诺和奥丽维亚，都爱上了这位可爱的男童演员。意含双关的"女性器官"和"小喉管"（意为"声音"，同时指"男性生殖器"）毫无疑问地显示这里隐含着雌雄同体：

> 除非对你的青春年华视而不见，
> 你才会被当作成年男子。狄安娜的唇
> 并不比你的柔滑红润，你脆生生的小喉管
> 如处女般尖细清亮。
> 所有地方都像一个女人。

威廉和安妮・莎士比亚（Anne Shakespeare）夫妇的双胞胎——朱迪丝（Judith）与哈姆内特（Hamnet）（有时写成哈姆莱特 [Hamlet]）——出生在 1585 年 2 月。他们的父亲对戏剧中双生子的迷恋在其早期作品《错误的喜剧》（*Comedy of Errors*）中已一览无余。那部剧是莎士比亚根据一个经典故事改编而成的：一对孪生兄弟被分开，随后被错认。但莎士比亚的改编版更为曲折，剧中两兄弟的仆人也是一胞双生。1596 年夏天，十一岁的哈姆内特夭折。莎士比亚失去了他唯一的儿子，朱迪丝也永远地失去了她的另一半。尽管我们一直要当心不能用戏剧中虚构人物的话语来揣测作者的生平，《第十二夜》里的死亡意象流露出明显的哀伤：当费斯特唱到忧伤的柏木棺（《来吧，死神》）或薇奥拉提及墓碑时，总让

人不由想起莎士比亚失去的儿子。奥丽维亚哀悼她的兄长，同时薇奥拉也认为自己的哥哥命丧大海。她换上男人衣服，"变成"了西萨里奥，这就像她扮成了自己的异性双胞胎兄长："父亲家里的所有女儿是我，/ 所有弟兄也是我。"她自己解释她的男性举止都是模仿失踪的西巴斯辛（"我装扮是为了他"）。

一对兄妹失踪后又相逢，以及女扮男装的仆人爱上自己的主人，却受主人指派去替他求爱，这是《第十二夜》的情节，故事的主要来源是巴纳比·里奇（Barnaby Riche）的短篇小说《阿波洛尼厄斯与茜拉》（*Apolonius and Silla*）。小说中的兄妹是薇奥拉和西巴斯辛的原型，但却不是双胞胎。可是，"在表情和容貌上，他们中的一个人与另一个人非常相像。除了衣服能判断一个是男的，一个是女的，没人能凭面孔把两人区分开来"。评论家时有不解，为何莎士比亚让薇奥拉与西巴斯辛长得那么像，而很可能他自己知道龙凤胎并不那么相像。现代医学认为，通常单卵受精生出的总是同性别的双胞胎（事实上，最近研究显示有些罕见案例因为遗传反常，单卵受精也会生出龙凤胎）。但里奇设定的前提却让这种对此情节的批评显得有些荒唐：兄妹不必孪生，一样可以长得非常像。

对一名作家来说，最大的挑战之一是想象身为异性该是怎样一番情形。相对于时代传统所限定的正派女性举止，即沉默和顺从，莎士比亚和扮演女性角色的男童演员需要做得更多。"西萨里奥"在某种程度上是个工具，让薇奥拉拥有了话语权，让她能打破被动和顺从的禁锢。但是薇奥拉将机敏、好奇和脆弱非常可爱地混杂在一起，如鱼得水地扮演起她的角色，这就不仅仅是对社会习俗和礼仪规范的简单反映。在戏剧中那个虚幻的世界，薇奥拉扮演的西萨里奥非常生动，因为她以前很了解西斯巴辛，也深爱他。这也解释了让人难以置信的事情，即奥丽维亚嫁给西巴斯辛是因为坚信他就是西萨里奥。至于这部戏的创作起源，让人不禁猜想莎士比亚观察到他的双胞胎在学说话和一起玩儿的时候，两人之间源自直觉的默契，此时这部戏的灵感已悄然根植于他的心中。

莎士比亚的喜剧常设想一场旅行，起点是温暖舒适的家，随后船只失事，只剩一个人形单影只，最后的结局则是缔结姻缘。人物失去自我，然后又找到自我。破碎的家庭会复原，同时新的家庭在爱的誓言中充满了期待。《第十二夜》中的高潮——两个分开的双胞胎重聚——是著名的团聚场景之一：

奥西诺　　一副面孔，一个嗓音，一样装扮，却是两个人。
　　　　　　自然的透镜，是又不是。
　　　　　　……
安东尼奥　你是如何把自己分开的？
　　　　　　一个分成两半的苹果也比不上
　　　　　　这两个双胞胎这样相像。

这类言语形象地说明了一生二与二合一，也涉及《会饮篇》中人类起源神话里分为两半的苹果，同时还指大自然的杰作少不了人为技巧（"透镜"是一种变形镜，可以产生让一张图画显示为两张的视错觉）。在同一个行动上，兄妹俩找到了彼此，也找到了他们欲望的目标。

然而，这个时刻虽然见证了奇迹，很多东西也在消失，这是《第十二夜》让人心酸的地方。安东尼奥，曾像西巴斯辛的兄长、甚至情人，现在却孑然一身。马伏里奥让人羞辱得未免太狠了点儿。托比爵士和玛利娅成为一对，却让安德鲁爵士形单影只——他也曾被人爱慕过啊，但我们都想不出他还会再让人爱慕。费斯特此刻唱起了另一支关于时光和变幻的忧伤歌曲。最重要的是，西萨里奥永远消失了，奥西诺最后一次称呼薇奥拉的男性名字，以此结束了这个话题。此后，薇奥拉穿回了女装，成为奥西诺的"梦幻女王"。但"梦幻女王"是奥西诺追求奥丽维亚时用来表达他肤浅爱情的用语，西萨里奥开始找到自己的声音时，这类用语立即被他（她）弃之一旁。在这部剧的结尾时刻，薇奥拉看起来已经回到了沉默和被动的女性规范之中。

此刻，她心中经历了哪些变幻？西巴斯辛和奥西诺一找到，西萨里奥就消失了。薇奥拉来不来得及和她自己制造的假双胞胎说一声再见？

西萨里奥（Cesario）这个名字显示了不合时宜的出生——就像在"剖腹产手术"（Caesarean section）中，一个婴儿"从母亲的子宫中非正常娩出"——但这个人物早早就夭折了。在动手写作《第十二夜》这部喜剧前的几个月，莎士比亚完成了他深思熟虑的悲剧《哈姆莱特》（*Hamlet*）。这里有几处无法解释的交叉点：塑造和毁掉西萨里奥，也许是莎士比亚在道别，向他的哈姆内特道别。当薇奥拉失去她创造的第二个自己时，这个人物已黯然无光。这也许是莎士比亚对可怜的朱迪丝失去孪生兄弟后孤独心境的延迟反应？

莎士比亚与本·琼森（Ben Jonson）之间的友好竞争似乎能更直接地看出莎士比亚对这部戏里爱情和身份的思考。莎士比亚创作求爱喜剧很多年后，直到16世纪90年代末琼森才利用与心理学有关的"气质"——指怪诞举止（富有喜剧和讽刺效果）能造成激情、偏执或者气质的不平衡（太愁苦或太悲伤）——写出更尖锐的讽刺戏剧。琼森似乎在17世纪初就退出了莎士比亚的演出剧团。此时他为女王殿下唱诗班即"童伶"剧团写了一部名为《自恋之泉或辛西娅的狂欢》（*The Fountain of Self-Love, or Cynthia's Revels*）的戏。从《哈姆莱特》中的一段著名对话来看，莎士比亚及其同僚感到声望受到了威胁。琼森使用双戏名是一种独创，并不显得做作：莎士比亚很可能是用《第十二夜或如你所愿》（他唯一的双戏名）来嘲笑琼森的戏名。费斯特常做的一件事就是刺破浮华语言的肥皂泡，他可能在指琼森的啰唆！"我想说'要素'，但这个词已经用滥了。""要素"在琼森有关气质论的词汇里是个关键词语。另外，在回应安东尼奥的"我求你到别处发傻"时，费斯特说："发傻！他肯定从某个大人物那儿听过这个词，现在用到一个傻丑身上。发傻！"在《自恋之泉》中恰恰有诸如"说出你的激情"、"让埃特纳火山喷出火来"等语句，"某个大人物"可能指琼森。

琼森戏剧中的泉就是那耳喀索斯（Narcissus）的泉。那耳喀索斯试图去亲吻自己的倒影时淹死在泉水里。莎士比亚剧中的伊利里亚也是一个自恋的地方。马伏里奥尤其是一个自恋的形象，但奥西诺在扮演高贵典雅的求爱者时，也有某些虚荣。相反，薇奥拉却是自恋者的反面形象。她从溺水中死里逃生，言语中流露着充满渴望的女人声音，这恰恰是那耳喀索斯所忽视的：

> 让我在您门前搭一间柳木小屋，
> 拜访府内我的灵魂爱人，
> 谱写被拒之爱的忠贞篇章，
> 即使在死寂的夜晚也要把它们高唱，
> 我要对着回声之山喊出您的名字，
> 让空气都喋喋不休地
> 回响着"奥丽维亚"。啊！您在
> 天地之间得不到宁静，
> 除非您垂怜我！

"回声之山"、"'奥丽维亚'。啊！"的回声、"空气都喋喋不休"等让人很容易联想到回声女神厄科（Echo）这位神话人物，她在遭到那耳喀索斯拒绝之后憔悴而死。

　　琼森式喜剧中的人物是那耳喀索斯型的。《第十二夜》对认知自我和同情他人之间关系的探索让人惊叹——我们可以称之为人类身份形成中的"回声"。"我不是现在的我";"做那个你知道的自己";"……起誓,我不是我所扮演的人";"我们身不由己";"啥都不是,就这样";"你从此刻起就是 / 你主人的女主人。"这些相互矛盾的话语和承诺像乐曲回荡在伊利里亚,"它真是心底的回声, / 那里爱情高踞为王"。

参考资料

剧情: 薇奥拉和她的双胞胎哥哥西巴斯辛在伊利里亚海岸附近船只失事。两人都认为对方已溺水遇难。薇奥拉装扮成男孩,自称西萨里奥,成为奥西诺公爵的侍从。公爵派西萨里奥替自己向奥丽维亚小姐求爱,但奥丽维亚却爱上了这位可爱的"男孩"。扮成西萨里奥的薇奥拉则爱上了奥西诺。西巴斯辛被安东尼奥船长救起,也来到了伊利里亚。马伏里奥,奥丽维亚的管家,和家里其他人都合不来。这些人有奥丽维亚的族人托比·培尔契爵士、他的朋友安德鲁·艾古契克爵士和小丑费斯特。在奥丽维亚的侍女玛利娅的机智领导下,他们一起策划,让马伏里奥倒台。奥丽维亚见到西巴斯辛,把他当成西萨里奥,安排和他秘密成婚。因为弄错了两个双胞胎的身份,更多混乱接踵而至。奥西诺对自己的侍从显而易见的欺骗大发雷霆,但等到最后双胞胎见了面,把真实身份弄清之后,奥西诺承认了自己对薇奥拉的爱情。

主要角色:(列有台词行数百分比 / 台词段数 / 上场次数)托比·培尔契爵士(13%/152/10),薇奥拉(13%/121/8),奥丽维亚(12%/118/6),费斯特（12%/104/7），马伏里奥（11%/87/7），奥西诺（9%/59/4），安德鲁爵士（6%/88/8），玛利娅（6%/59/6），西巴斯辛（5%/31/5），费边（4%/51/4），安东尼奥（4%/26/4）。

语体风格： 诗体约占 40%，散体约占 60%。

创作年代： 1601 年。1602 年 2 月在中殿上演；1598 年米尔斯（Meres）未提及；指涉安东尼·雪莉（Anthony Sherley）访问波斯国王（1598 – 1601）以及 1599 年首次出版的一幅地图；戏仿本·琼森《自恋之泉或辛西娅的狂欢》（1600 末 /1601 初）一剧中的自恋主题、双戏名和词语"要素"的使用；琼森《冒牌诗人》（*Poetaster*）（1601 年下半年上演）中的一个人物似乎说他曾看过《第十二夜》的演出。

取材来源： 主要情节来自巴纳比·里奇《里奇告别军旅生涯》（*Riche his Farewell to Military Profession*，1581 年）中的故事《阿波洛尼厄斯与茜拉》。女扮男装的侍从爱着主人，却替主人向一位女士求爱，这个主题取自一系列意大利喜剧，甚至可以回溯至《受骗者》（*Gl'Ingannati*），这部戏相当低俗，由锡耶纳的"雷霆学院"演出（1537 年）。双胞胎被弄混的桥段出自普劳图斯（Plautus）的《孪生兄弟》（*Menaechmi*），在莎士比亚的《错误的喜剧》中已有体现。托比爵士和马伏里奥的情节找不到确切出处。

文本： 1623 年第一对开本是早期唯一的印刷本。可能排自抄写员的誊本，其中极少错误和文本问题，这一点很罕见。

乔纳森·贝特（Jonathan Bate）

第十二夜

奥西诺，伊利里亚公爵

丘里奥
}奥西诺的侍臣
瓦伦丁

薇奥拉，后装扮成西萨里奥

船长

西巴斯辛，薇奥拉的孪生兄长

安东尼奥，另一位船长

奥丽维亚，伊利里亚的女伯爵

玛利娅，奥丽维亚的侍女

托比·培尔契爵士，奥丽维亚的族人

安德鲁·艾古契克爵士，托比爵士的朋友

马伏里奥，奥丽维亚的管家

费边，奥丽维亚的仆从

丑角**费斯特**，奥丽维亚的逗乐小丑

乐师、水手、贵族、巡吏、仆人、侍从各数人，牧师一人

第 一 幕

第一场 / 第一景

伊利里亚 [1]

伊利里亚公爵奥西诺、丘里奥与其他贵族上 [2]，音乐起

奥西诺　　若音乐是爱情的食粮，奏吧，

多多给我奏响，直到过量，

欲望才会腻烦，才会死亡。

那首曲子再来一遍，它调子渐消 [3]。

啊，如天籁掠过我的耳旁，

吹拂着一片紫罗兰，

窃来又送出芳香。够了，停！

（音乐止）现在已不如原先动听。

啊，爱情，你那么活泼有生机，

尽管你的容量

像大海一样。沦陷其中的万物，

无论再珍贵高档，

无不瞬间贬值缩水。

因此爱情变幻多端，

1　亚得里亚海东部国家，现在的克罗地亚。整部戏在此展开。场景在奥西诺公爵和奥丽维亚两
家之间来回变换，个别场景为不明确的公共场地。

2　奥西诺（Orsino）在意大利语中意为"幼熊"，或暗指不成熟。丘里奥（Curio）意为"好奇的"
或"宫廷的"（来自意大利语"宫廷"一词），或暗指衣着或举止过分讲究或矫情。

3　调子渐消（dying fall）：为"性高潮和疲软"之义的文字游戏。

它本身就有很多花样。

丘里奥　要去打猎吗，殿下？

奥西诺　猎什么，丘里奥？

丘里奥　鹿[1]。

奥西诺　我正在打猎啊，不过猎的是我的心。

啊，我初见奥丽维亚，

感觉四周气息因她清新甜美。

那一刻我变成了一头鹿，

我的情欲如凶猛残暴的猎犬，

从此把我追逐。

瓦伦丁上

　　　　　如何？她那里可有消息？

瓦伦丁　启禀殿下，我没能进去。

但她的侍女传回了她的答复：

老天亦不能瞧见她的全貌，

除非经过七个夏天。

她要像修女般蒙着面纱走路，

每天要用伤眼的咸泪水

洒遍她的闺房——这都为了不忘

亡兄的爱，她要使之鲜活，

长久保存在自己的悲伤记忆中。

奥西诺　啊，她的心底如此美好，

仅对兄长就有如此爱意。

她的爱可以想象，如果珍贵的金箭

把她心中所有其他情感

1　鹿（hart）：下一句奥西诺借 hart 来做文字游戏，指自己的心（heart）。

都消灭——肝、脑和心 [1]

这些至高无上的王座，全被

她对一位君王宝贵完美的爱占领！

前面走，到美丽的花园。

凉亭之下情思最烂漫。   众人下

第二场 / 第二景

薇奥拉 [2]、一船长及众水手上

薇奥拉　　朋友，这是哪个国家？

船长　　伊利里亚，小姐。

薇奥拉　　我在伊利里亚干什么呢？

　　　　　我兄长在伊利西姆 [3] 天堂。

　　　　　他可能侥幸没淹死，水手们，你们说呢？

船长　　幸运的是你获救了。

薇奥拉　　啊，可怜的兄长！愿他也能侥幸活命。

船长　　说得对，小姐。心存侥幸让你宽慰。

　　　　　你要知道，我们的船断裂后，

　　　　　你和那些一同获救的人

　　　　　抓住浪里颠簸的救生小船，我见你兄长

1　肝、脑和心（liver, brain and heart）：性欲、理智和情感之所在。

2　薇奥拉（Viola）：意大利语之"紫罗兰"（violet），象征忠贞，解悲伤，亦指乐器。

3　伊利西姆（Elysium）：古典神话中的天堂。

危急之中很是幸运，把自己绑在——
勇气和希望教他想出此招——
一根漂浮在海面的大桅杆上。
像骑在海豚背上的阿里翁[1]，
我看见他在波涛中起伏，
直到望不见。

薇奥拉　　（递过钱）谢谢您告诉我这些，请把金币收下。
我自己死里逃生令我心存希望。
您的话让我更加确定，
他亦脱险。您熟悉这个国家吗？

船长　　　是的，小姐。我生长的地方
离此不到三小时的路程。

薇奥拉　　谁统辖此方？

船长　　　一位公爵，品性头衔皆高贵。

薇奥拉　　他如何称呼？

船长　　　奥西诺。

薇奥拉　　奥西诺。我曾听闻父亲提过。
当时他还未成婚。

船长　　　如今仍未成亲，或许最近还是，
我离开此处已有一月。
当时开始有传言——你知道，
大人物一有举动，小人物就津津乐道——
说他正向美丽的奥丽维亚求爱。

薇奥拉　　她怎么样？

船长　　　此女品德高尚，其父是位伯爵，

1　阿里翁（Arion）：希腊半传奇性音乐家，为免被杀由船纵身入海。一海豚迷其乐，负之脱险。

　　　　　　大约一年前辞世，把她
　　　　　　托付给儿子照看。她的兄长
　　　　　　新近也亡故了。为挚爱亡兄之故，
　　　　　　人们说，她拒绝见到
　　　　　　或交往男人。

薇奥拉　　啊，但愿我能服侍这位小姐。
　　　　　　借此可避免暴露我自己，
　　　　　　直到我觉得时机成熟
　　　　　　再表明身份。

船长　　　如此甚难。
　　　　　　因她对任何形式的追求都一概拒绝。
　　　　　　无例外，连公爵的追求亦不理睬。

薇奥拉　　您行止端正，船长。
　　　　　　尽管自然有着美丽外表，
　　　　　　内心却总污秽不堪，但对于您，
　　　　　　我相信您的心灵正匹配
　　　　　　您英俊的外形。
　　　　　　拜托您——我会多多付您钱——
　　　　　　把真实的我掩藏起来，帮助我
　　　　　　让我的乔装完全符合
　　　　　　我的意图。我要去侍候这位公爵。
　　　　　　请您把我作为净过身的人[1]引荐给他。
　　　　　　您的辛苦会有所获，因我擅歌，
　　　　　　能与他畅谈多种音乐，
　　　　　　可表明我有足够能力服侍他。

1　净过身的人（eunuch）：男子净身以使歌唱时能发高声。

后续如何，我将托付时间。

请您对我的计谋缄口不言。

船长 你去做宦人吧，我会噤声；

若我乱嚼舌头，就让我双目失明。

薇奥拉 谢谢您。带我去吧。 众人下

第三场 / 第三景

托比·培尔契爵士与玛利娅上

托比爵士 我侄女到底怎么回事？对她哥哥的死反应这么大？我坚信忧虑是生命的敌人。

玛利娅 看在上帝的分上，托比爵士，您晚上要早一点儿回来。您侄女，我的小姐，很是反对您晚归。

托比爵士 哦，随她反对，没她不反对的。

玛利娅 好吧，但您也得照一定的规矩来管一下自己。

托比爵士 管？我把自己管得再好不过了呀[1]。这身衣服足以穿出去喝酒，靴子也一样。如果这些靴子不够好，就让它们用鞋带把自己吊死。

玛利娅 那样滥饮会糟蹋您的身体，我听小姐昨天提过，还说您有天夜里带一名愚蠢爵士到这儿来向她求爱。

---

1 此句有双重含义:(1)我约束自己已达极限;(2)我的收拾打扮已到顶点。托比爵士故意把玛利娅的话引到第二种意思上。

托比爵士	谁？安德鲁·艾古契克爵士？
玛利娅	对，就是他。
托比爵士	他不低 [1] 于伊利里亚的任何男子。
玛利娅	这有什么相干的？
托比爵士	咦，他一年有三千金币的收入。
玛利娅	不错，但他一年就把这些金币挥霍光了。他是个名副其实的傻瓜、败家子。
托比爵士	呸！你怎么这么说！他能拉维奥尔琴 [2]，不用翻书就能一字不含糊地说三四种语言。他天赋异禀 [3]。
玛利娅	他确实有，几乎是天生的，因为他不仅是个傻子，而且还很爱吵架；要不是他天生怂包，争吵中才少有冲动，否则稳重的人会认为他很快会收到墓穴这样的礼物。
托比爵士	凭这只手发誓，这样诽谤他的人都是恶棍、造谣者。他们都是些什么人？
玛利娅	那帮人还说您每夜都和他喝得醉醺醺。
托比爵士	我们是为了我侄女的健康干杯。只要我喉咙有孔，伊利里亚有酒，我就会为了她干杯。如果有人不为我侄女干杯，直到喝得脑浆像教区被抽打的陀螺般头上脚下地旋转，他就是个懦夫加混蛋。怎么了，死妮子？正说着他呢，安德鲁·艾古契克爵士就到了。

安德鲁·艾古契克爵士上

安德鲁爵士　托比·培尔契爵士！你好吗，托比·培尔契爵士？

1　不低（tall）：含三重意思，即勇敢、高贵和身高。后句中玛利娅理解的是"身高"。

2　维奥尔琴（o'th'viol-de-gamboys）：又译"古大提琴"或"古提琴"，一种低音提琴，夹在两腿间演奏（常有性含义）。

3　异禀（good gifts）：在托比爵士口中是"出色的才能"，但下一句玛利娅却在"墓穴这样的礼物"（the gift of a grave）中戏用 gift 作为"礼物"这层意思。

托比爵士	亲爱的安德鲁爵士！
安德鲁爵士	（对玛利娅）上帝保佑你！美丽的小悍妇！
玛利娅	彼此彼此，先生！
托比爵士	殷勤！安德鲁爵士！殷勤！
安德鲁爵士	什么意思？
托比爵士	这是我侄女的贴身侍女。
安德鲁爵士	好"殷勤"姑娘！我希望咱们以后多交往。
玛利娅	我叫玛利，先生。
安德鲁爵士	好玛利·"殷勤"姑娘——
托比爵士	弄错了，爵士。"殷勤"是说去挑逗她、攻占她、追求她，把她搞到手。
安德鲁爵士	老天！我可不敢在众目睽睽之下非礼她。"殷勤"是这个意思吧？
玛利娅	（欲走）再见！先生们。
托比爵士	你要让她这么走了，安德鲁爵士，你可真没地儿拔剑[1]了。
安德鲁爵士	如果你这样走了，姑娘，我情愿以后都不拔剑。美丽的小姐，你是否觉得和你交手[2]的是傻瓜？
玛利娅	先生，我可没拉住你的手。
安德鲁爵士	（把手伸给她）圣母马利亚保佑！你会拉住的，这是我的手。
玛利娅	好了，先生，随你怎么想。我愿你把手放在打开一半门的酒柜壁架[3]上，让它也喝点儿酒。
安德鲁爵士	为什么？宝贝儿？你在打什么比喻？

---

1 剑（sword）：绅士地位的象征，同时也有性含义。
2 交手（in hand）：在安德鲁爵士的话中指"打交道"，后一句玛利娅却故意实指"手"，含有手淫之义。
3 酒柜壁架（th'buttery-bar）：指酒柜门半开形成的架子，戏指生殖器。

玛利娅　你的手干绷绷[1]的，先生。

安德鲁爵士　咦！我明白了。我才不是大蠢驴呢，但我能让手保持干燥[2]。你的笑话到底指什么？

玛利娅　一个干巴巴的笑话，先生。

安德鲁爵士　你满肚子这种笑话吗？

玛利娅　对，先生，笑话就在我手头。

嗯！我要松开你的手了，我啥也没有了。（松开他的手）

玛利娅下

托比爵士　啊，爵士，你该来杯加那利酒。几时见过你如此不堪？

安德鲁爵士　从来没有过，除非你瞧见加那利酒把我撂翻。我有时觉得自己并不比基督徒或常人聪明。我牛肉吃得太多，我相信这对我的智力有损害。

托比爵士　毫无疑问。

安德鲁爵士　如果早想到这个，我就戒了。托比爵士，明天我要骑马回去了。

托比爵士　*Pourquoi*[3]？亲爱的爵士？

安德鲁爵士　*Pourquoi* 是什么意思？行还是不行？要是我把花在击剑、跳舞和斗熊[4]上的时间用来学外国话就好了。啊，当初真应该去研究学问！

托比爵士　那你一定会有一头好发型[5]。

1　干绷绷（dry）：干手掌被认为代表阳痿。

2　安德鲁爵士此处在戏用谚语"傻子也知道雨天躲进屋（fools have wit enough to come in out of the rain）"。

3　*Pourquoi* 是法语，意为"为何"，相当于 why。

4　斗熊（bear-baiting）：莎士比亚时代的一项娱乐活动，熊被锁于一根柱子上，然后放狗咬之，为清教徒所排斥。（可参考第二幕第五场第六行处。——译者附注）

5　发型（head of hair）：此处是一文字游戏。安德鲁在第 71 行提到外国话（tongues），其发音几乎与钳子（tongs）相同，而卷发钳子（curling tongs）是理发师的美发工具。

安德鲁爵士　　为何？那还能改善发型？

托比爵士　　　没问题。你知道头发是不会自然卷曲的。

安德鲁爵士　　可是现在我的发型很适合我呀，不是吗？

托比爵士　　　好极了。就像纺线车上的亚麻一样，我希望看到一个主妇双腿夹着你把你的头发纺完。

安德鲁爵士　　说真的，托比爵士，我明天要回家了。令侄女就不见了。即使见到她，十之八九，我根本就没机会。本地的公爵自己追她还不顺利呢。

托比爵士　　　公爵根本没机会。她才不会嫁给高她一等的人呢。不论财产、年纪还是智慧，哪样高过她都不行，我曾听到她发誓。啧！这事儿还有转机，先生。

安德鲁爵士　　我再多待一个月。我是世界上想法最古怪的人。有时假面舞会和狂欢舞会都让我很是喜欢。

托比爵士　　　你在这些小把戏上不是很擅长吗，爵士？

安德鲁爵士　　伊利里亚的所有男人都不在话下，不论他是谁，除了地位比我高的人。但我不和老手比。

托比爵士　　　三拍舞蹈[1] 你最拿手的是什么，爵士？

安德鲁爵士　　说实话，我能跳跃[2]。

托比爵士　　　我还能切羊肉呢。

安德鲁爵士　　我觉得我的后位姿势[3] 像伊利里亚的所有男人一样棒。

托比爵士　　　为何要遮掩这些才能呢？为何要在它们面前挡块帘子？难

1　三拍舞蹈（galliard）：一种舞步轻快的舞蹈。

2　跳跃（cut a caper）：也指交欢。caper 还是一种浆果，可制成蘸羊肉的酱汁，下一句托比爵士借此打趣安德鲁爵士。

3　后位姿势（back-trick）：暗指性行为，安德鲁爵士此处仍延续上一句的文字游戏。

道它们如玛儿姑娘的画像 [1] 那样容易招灰吗？你为何不跳着
三拍舞蹈去教堂，跳着库兰特舞返回家？我走路的舞步应
该是快步吉格舞，去方便，我就会踩着轻快的五步舞。你
意欲何为？这是个掩藏才能的世界吗？我认为，凭着你那
腿的优势，它估计是在三拍舞蹈的盛名下长成的。

安德鲁爵士　对，腿蛮结实的，套上火红长袜还怪好看的。我们要不也
举行几场狂欢舞会？

托比爵士　别的我们还能做啥？难道我们生来不是"金牛座"吗？

安德鲁爵士　"金牛座"？那可是专管人体躯干和心灵的。

托比爵士　不对，先生，它管的是腿和大腿。让我瞧瞧你的跳跃动作。
（安德鲁爵士跳舞）嗬！再高点儿！嗬嗬！太棒了！　　　同下

第四场　/　第四景

瓦伦丁与着男装扮作西萨里奥 [2] 的薇奥拉上

瓦伦丁　如果公爵继续宠爱你，西萨里奥，你很可能会受重用。他
才认识你三天，你已经不是外人了。

薇奥拉　你怕他的脾气，又怕我搞砸，你在怀疑他的恩宠能否持久。
先生，他的恩宠是否常变？

1　玛儿姑娘的画像（Mistress Mall's picture）：Mall 是 Mary 的简称。当时人物肖像画常遮以帘
子挡尘土和光线。
2　西萨里奥（Cesario）：意为"小凯撒"，可能含有"分开"之义（正如 caesura [停顿] 一词
来自 Caesarean [凯撒的]）。

瓦伦丁	不是的，相信我。

公爵奥西诺、丘里奥及众侍从上

薇奥拉	谢谢你。公爵来了。
奥西诺	谁看见西萨里奥了，噢?
薇奥拉	小人在，殿下，我在这儿。
奥西诺	（对众侍从）你们先退到一边去。——（众人退至一旁）西 萨里奥， 你差不多都知道了。我让你 尽阅我那最隐秘的灵魂； 如今，好孩子，该你出场到她那儿， 别让她拒之门外，站在她门口， 告诉她们你双脚会在那里生根， 直到你见到她人。
薇奥拉	嗯，尊贵的大人， 若她沉浸悲伤之中不能自拔， 如您所知，她不会让我进门。
奥西诺	宁可吵嚷不顾礼貌规范， 总要好过毫无斩获而返。
薇奥拉	若我真和她说上话，大人，那要说什么?
奥西诺	啊，那就倾诉我炽热的爱情， 袒露我的忠诚，让她吃惊； 由你传达我的愁思最为适合， 年轻如你可让她听得更认真， 不会像使臣那样死气沉沉。
薇奥拉	我不敢苟同，大人。
奥西诺	亲爱的年轻人，你要相信， 除非对你的青春年华视而不见，

> 你才会被当作成年男子。狄安娜的唇
> 并不比你的柔滑红润，你脆生生的小喉管
> 如处女般尖细清亮。
> 所有地方都像一个女人。
> 我知道你的性情天生适合
> 这件差事。——（对众侍从）来四五个陪他同去。
> 都去，若你需要。我一个人最好，
> 当陪伴的人最少。此事若成，
> 你将如你主人般自由生活，
> 他的财产也归你。

薇奥拉　　我定全力
　　　　　成全您的心愿。——（旁白）但此事甚难！
　　　　　他都会娶我，任我替谁牵线。　　　　　众人下

第五场　　/　　第五景

玛利娅与小丑费斯特上

玛利娅　　不，除非告诉我你去哪儿了，否则我才不开口替你求情，
　　　　　我会把嘴闭得连一根刚毛也进不来。因为找不到你，小姐
　　　　　要绞死你哪。

费斯特　　随她把我绞死吧。世上能有人得享绞绳[1]，啥套索也不怕了。

1　得享绞绳（well hanged）：语涉猥亵，戏含"用大家伙"之义。

玛利娅	你说明白点儿。
费斯特	看不到了，自然啥也不怕。
玛利娅	好牵强的回答。我知道你那句"啥套索也不怕了"出自哪里。
费斯特	出自哪里？好玛利姑娘！
玛利娅	出自战争。一个出丑卖乖之人，竟大胆老脸说这个。
费斯特	嗯。上帝让智者拥有智慧，让小丑出乖露丑。人尽其才。
玛利娅	这么久找不到你，你还是会被绞杀，或者被辞掉。那不是和绞死一样妙？
费斯特	好好绞死避免了很多糟糕婚姻。[1] 卷铺盖嘛，夏天还能受得了。
玛利娅	那你决定了？
费斯特	没呢。但有两条 [2] 我可以确定。
玛利娅	那要是一条断了，另一条还能用；如果两条都断了，你的马裤可就掉了。
费斯特	妙！真的，太妙了！好，去一边吧。要是托比爵士能戒掉酒，你的聪明机智也不逊色任何一个伊利里亚女人。[3]
玛利娅	闭嘴，坏家伙，别说了。小姐来了。你要真行，就找个好借口吧。 下

奥丽维亚小姐携马伏里奥及众侍从上

| 费斯特 | （旁白）机智！若你愿意，教我好好糊弄过去！聪明人总觉得自己聪明，不料总是证明是傻子。我自知缺你相伴，说不定能混个聪明人当当。昆那珀勒斯 [4] 那句话怎么说来着？"聪明的傻子好过愚蠢的聪明人。"——（对奥丽维亚）上帝 |

---

1 犯人临上绞刑架前，如愿娶某一女子，死刑可赦，但所娶女子常非好女。

2 条（points）：费斯特是虚指，但下一句玛利娅却用 points 实指固定马裤吊带的两"条"带子。

3 此句暗指玛利娅与托比爵士很相配。

4 昆那珀勒斯（Quinapalus）：杜撰的权威人士。此词戏言法语中的 *qui n'a pas la*（无学识）或讽刺一句意大利语，译为英文即 him on the stick（小丑手杖上的面孔）。

保佑你，小姐！

奥丽维亚 （对众侍从）把这个傻子弄走。

费斯特 没听到吗，跟班儿？把这位小姐弄走！

奥丽维亚 走开，你这个干瘪无趣[1]的傻子。我不用你了。另外，你学会不忠于职守了。

费斯特 小姐，这两处不足可用酒和规劝来弥补[2]。把酒给干瘪无趣的傻子，傻子就不干瘪了；让不忠于职守的人自我补救。若他修补得好，他就不再是不尽职。若他不行，就让缝补匠来为他修补。所有经过修补的东西都有补丁。德行有亏，改过后缀上恶的补丁；改邪归正，邪打上了正的补丁。若还行，这个简单的推理就成立。若不管用，还能怎么补救？就像戴绿帽子的人总归倒霉，美人就是一朵花[3]。小姐下令弄走傻子，因此，我再说一遍，把她弄走。

奥丽维亚 先生，我让他们带走你！

费斯特 这可是最大的错误！小姐，"戴僧帽，未必是僧人"，也就是说我虽穿着傻子服装，我脑子可不傻。好小姐，允许我证明您才是傻子。

奥丽维亚 你能做到？

费斯特 很简单，好小姐。

奥丽维亚 你来证明呀。

费斯特 我要盘问您，小姐。善良高尚的小老鼠，回答我。

奥丽维亚 好吧，先生，反正别无消遣。我让你证明吧。

---

1 干瘪无趣（dry）一词被费斯特在下一句中大做文章。奥丽维亚说费斯特干瘪无趣，意在无趣，费斯特则在"干瘪"上做文字游戏，说酒能治"干瘪"。

2 弥补（amend）一词让费斯特换成修补（mend），并大做文字游戏。

3 美人就是一朵花（beauty's a flower）：费斯特暗指奥丽维亚青春短暂，她不应对外人避而不见，不做结婚打算。

费斯特	好小姐，您为何悲伤？
奥丽维亚	大傻子，为了我兄长的辞世啊。
费斯特	我认为他的灵魂下了地狱，小姐。
奥丽维亚	我知道他的灵魂上了天堂，傻子。
费斯特	更傻了，小姐，您兄长的灵魂上了天堂，您还要悲伤。把这个傻子带走，侍从们。
奥丽维亚	你怎样看这个傻子，马伏里奥？他是不是长进了？
马伏里奥	是的，直到死亡的痛苦降临，他只会越来越傻。衰病损害智者，却让傻子更傻。
费斯特	先生，上帝会立即给你送上衰病，好让你更愚蠢！托比爵士愿发誓我不狡猾，但给他两便士他也不愿发话说你不是傻子。
奥丽维亚	你对此怎么看？马伏里奥！
马伏里奥	我惊叹小姐您竟让个傻瓜蛋逗得这么开心。那天我见他败给一个比石头还笨的普通小丑。现在您看，他已经语无伦次。除非您发笑，替他制造机会，否则他就没词了。我发誓，那些让这般傻瓜逗得哈哈大笑的聪明人，并不比傻子的助手强。
奥丽维亚	哎呀，你太自恋了，马伏里奥，用偏执的口味把东西品尝。慷慨、坦荡、公正之人眼中的鸟箭，你却会看成机关炮弹。一个宫廷特许的小丑不会诽谤人，虽然他只会把人奚落；一个众所周知的老成者不会奚落人，虽然他总爱把人斥责。
费斯特	愿墨丘利赋予您撒谎的本事，因为您替傻子说了好话。
玛利娅上	
玛利娅	小姐，门外有位年轻绅士很想和您说话。
奥丽维亚	从奥西诺公爵处来的吧，对不对？
玛利娅	我不知道，小姐。是位英俊的年轻人，随从甚多。

奥丽维亚	我这边谁在敷衍他？
玛利娅	托比爵士，小姐，您的族人。
奥丽维亚	拜托，让他出去。他讲话像个疯子。真是讨厌！——

玛利娅下

你去，马伏里奥。若是公爵派来求婚的，就说我病了，或说我不在家。随你怎么说，把他打发走。—— 马伏里奥下
现在你明白了，先生，你的戏谑已老套，大家不喜欢了。

费斯特	您替我们说话了，小姐，就像您的大儿子也该是个傻子，他的头颅让乔武[1]填满了脑子，因为——来的这位——

托比爵士上

是您家族里最没脑子的。

奥丽维亚	（对托比爵士）我敢发誓，他已经半醉了。——门口那位是做什么的，叔父？
托比爵士	是位绅士。
奥丽维亚	绅士？什么绅士？
托比爵士	（打嗝）这是位绅士——这些该死的腌鲱鱼！——（对费斯特）怎样了？醉了？
费斯特	好托比爵士！
奥丽维亚	叔父，叔父你怎么一大早就喝醉了？
托比爵士	喝醉？我没醉。门口有个人醉了。
奥丽维亚	是的。圣母马利亚，他是谁？
托比爵士	他愿意当魔鬼，他就是魔鬼。我才不关心呢。上帝保佑，都是一回事儿。 <div align="right">下</div>
奥丽维亚	傻子，醉汉像什么？
费斯特	像溺水之人、傻瓜、疯子，饮酒暖身之余，多一口发傻，

---

1 乔武（Jove）：即朱庇特（Jupiter），罗马神话中的众神之王，相当于宙斯。

两口发疯，三口则溺毙。

奥丽维亚 去找验尸官，让他来查验一下我叔父，他的酒已喝到第三期，他已溺毙。去照顾他一下。

费斯特 小姐，他只是疯了，傻子要去照顾疯子了。 下

马伏里奥上

马伏里奥 小姐，那个年轻人赌咒发誓说要和您说句话。我说您病了，他说他很明白这个情况，因此过来和您说句话。我说您睡了——他好像对此也先知先觉——因此要过来和您说句话。小姐，该怎么回复他呢？他能应对所有的托词。

奥丽维亚 跟他说我不要听他说话。

马伏里奥 我告诉他了。他说要像郡长门前的立柱一样站在您的门口，或者像长凳腿儿那样站着。他定要和您说句话。

奥丽维亚 他是哪一类人？ [1]

马伏里奥 嗨，就是一人类呀。

奥丽维亚 他举止如何？

马伏里奥 很粗鲁。他定要和您说话，不管您乐不乐意。

奥丽维亚 他长得怎么样？年纪多大？

马伏里奥 说是个男人，他太小了；说是个男孩，又太大了。像个嫩豆荚，或者说像个快熟的苹果蛋儿吧。[2] 他恰在男人和男孩之间。他长得挺好看，声音却太尖。估计他刚断奶。

奥丽维亚 让他来吧。唤我的侍女进来。

马伏里奥 姑娘，小姐找你。 下

---

1 原文为 What kind o'man is he?，马伏里奥接口说 Why, of mankind.，是在 kind 和 man 上做文字游戏。

2 此句含与性有关的文字游戏。嫩豆荚（squash）与同一句中的 peascod 同义，peascod 暗指男性生殖器（遮阴袋 [codpiece] 倒着读即是 peascod）。苹果蛋儿（codling）一词中含阴囊（cod），亦为文字游戏。

玛利娅上

奥丽维亚　把面纱给我。过来，罩在我脸上。（她戴上面纱）我们再来听听奥西诺派来的使者怎么说。

薇奥拉及众侍从上

薇奥拉　此处尊贵的女主人，她是哪位？

奥丽维亚　和我说就行，我替她回答。你此来何意？

薇奥拉　最耀目、优雅的绝世佳人！请告诉我您是否是此处的女主人？我从未见过她。我不愿辞令虚掷，这可是精心写下、花大力气背下来的。好美人，别让我难堪。我很敏感，一点儿怠慢都受不了。

奥丽维亚　先生从何处来？

薇奥拉　除了我背诵的，其他我没法说。您的问题我没背。温柔善良的姑娘，给我一点儿提示您是否是此处的女主人。若是，我就呈上我的演讲。

奥丽维亚　你是个喜剧演员？

薇奥拉　不是，聪明的小姐[1]。以怨恨的毒牙起誓，我不是我所扮演的人。您是贵府的女主人？

奥丽维亚　若我不算盗用我自己，我是。

薇奥拉　当然算盗用。如果您是她，您当然盗用了您自己。您施予出去的非您所保留的，但这不在我受托之内。我要在讲话之前先把您赞美，再向您说明此行的主旨。

奥丽维亚　讲重点吧，免去那些奉承。

薇奥拉　哎呀！这可是花了我好大心思来研究的，很有诗意。

奥丽维亚　那就更假了，拜托还是你自己留着吧。听说你在我门口很

1　聪明的小姐（my profound heart）有两层含义：（1）我的灵魂（薇奥拉自指）；（2）聪明的小姐（薇奥拉指奥丽维亚）。此处采用第二层含义。

无礼，我让你进来是好奇你这个人，不是要听你讲话。你要不疯，赶紧离开。你要有理智，长话短说。我现在没心思理会疯子，听那些疯话。

玛利娅	先生，能扯帆启航了吗？这边走。
薇奥拉	不，好水手。我还要在这儿漂一会儿。尊敬的小姐，请让这位巨人¹少安毋躁。您有话请告诉我，我是位使者。
奥丽维亚	嗯，举止惊人，你定有可怕的事情要说。讲讲你的来意。
薇奥拉	这只能您听。我来不为宣战，亦非课税。我手握橄榄枝，我所来全是为了和平。
奥丽维亚	但你开头却粗鲁无礼。你是何人？此来何意？
薇奥拉	我的粗鲁来自我受到的待遇。我是何人，我因何而来，这些秘密像童贞一样。您听，是神圣；别人听，则是亵渎。
奥丽维亚	让我们俩单独待会儿。我要听听是什么神圣之事。

玛利娅及众侍从下

先生，现在你的经文呢？

薇奥拉	我最美丽的小姐——
奥丽维亚	一定是可人的教义，从开头就能听出来。你的经文在哪里？
薇奥拉	在奥西诺的心里。
奥丽维亚	在他心里？他心里第几章？
薇奥拉	照此说法，他心灵的第一章。
奥丽维亚	啊，我读过了，那是异端。你有别的要说吗？
薇奥拉	尊敬的小姐，请允许我看一下您的脸。
奥丽维亚	难道你家大人还派你来和我的脸商谈？你现在把经文放一边吧。但我们可以撩起面纱，让你看看这幅画。瞧瞧吧，（除去面纱）先生，我就是这样一幅画像。画工精湛，不是吗？

---

1 巨人（giant）：薇奥拉以此嘲讽玛利娅身材矮小。

薇奥拉	精妙极了，如果都出自上帝之手。
奥丽维亚	纯天然的，先生。能经受住风吹日晒呢。
薇奥拉	这种美浑然天成，红和白
	均由造化一人之妙手涂敷。
	小姐，世上女人唯您最狠，
	若您把此等光彩带入坟墓，
	不留一个副本给俗世后人。
奥丽维亚	啊，先生，我才不是那样铁石心肠。我要为我的美貌开列
	几个清单。这会是我的详细目录，每一项都要附在我的遗
	嘱之上。例如，一条：唇两片，红色；另一条：灰色眼睛
	一双，连着眼皮；又一条：脖颈一，下颏一等等。你是派
	来恭维我的吗？
薇奥拉	我知道您的为人了，骄傲过甚。
	但即便您是魔鬼，还是美艳动人。
	我家主公爱您。啊，此等爱恋
	获同等回报也不多，就算您是
	举世无双的美人！
奥丽维亚	他怎样爱我？
薇奥拉	满心崇拜，泪水涟涟，
	爱的呻吟如雷、叹息似火。
奥丽维亚	你家主公知道我的心思，我不会爱他。
	但我想他定有品德。我知道他身份高贵，
	家财万贯，富有青春朝气又名声清白；
	照常人看法，他自由、博学、勇敢，
	外表优雅迷人，
	然而我不会爱他。
	他早就知道这个答案了。

薇奥拉	若我像我家主人一样爱您如狂,
	那样痛苦,生不如死,
	我找不出您的拒绝有何意义,
	我百思不得其解。
奥丽维亚	咦?你要做什么?
薇奥拉	让我在您门前搭一间柳木小屋,
	拜访府内我的灵魂爱人,
	谱写被拒之爱的忠贞篇章,
	即使在死寂的夜晚也要把它们高唱,
	我要对着回声之山喊出您的名字,
	让空气都喋喋不休地
	回响着"奥丽维亚"。啊!您在
	天地之间得不到宁静,
	除非您垂怜我!
奥丽维亚	你能做得更好。你父母是做什么的?
薇奥拉	比我地位高。我的出身也不错,
	我是绅士[1]。
奥丽维亚	去回复你家主公,
	我不会爱他。让他别派人来了,
	除非,或许,你再来看我,
	告诉我他的态度。再见。
	谢谢你花的心思。(递上一钱袋)请收下这些钱。
薇奥拉	小姐,我不是花钱雇来的,请把钱袋收回。

---

1 原文 gentleman 既指绅士,也指有身份之人的侍从。薇奥拉显然指自己的侍从身份,但奥丽维亚却因爱会错意,理解成"绅士"。为与下文奥丽维亚的自言自语保持一致,此处译作绅士。——译者附注

　　　　　我家主人，不是我，缺少您的补偿。
　　　　　愿您爱上一个心如硬石之人，
　　　　　让您也发狂，像我家主人一样，
　　　　　遭人嫌弃！再见，狠心的美人。　　　　　　　　下

奥丽维亚　　"你父母是做什么的？"
　　　　　"比我地位高。我的出身也不错，
　　　　　我是绅士。"我发誓你是位绅士。
　　　　　谈吐、相貌、肢体、举止和气质，
　　　　　让你能享五倍的绅士纹章 [1]。且慢。勿急，勿急！
　　　　　莫非主人竟是这个下人。如今怎么办？
　　　　　怎么这么快就染上爱情这种瘟疫？
　　　　　我想这位青年的完美形象
　　　　　不知不觉偷偷潜入
　　　　　我的眼睛。好，随它去吧。
　　　　　喂！马伏里奥！

马伏里奥上

马伏里奥　　我在这儿，小姐，听候您吩咐。
奥丽维亚　　追上那位顽固的信使，
　　　　　（递过一戒指）公爵的侍从，他留下这枚戒指，
　　　　　不管我乐不乐意。告诉他我不收。
　　　　　请他别在主人那里吹得天花乱坠，
　　　　　别让公爵抱希望。我和他成不了。
　　　　　若这位青年明天还来，
　　　　　我会当面解释。快去，马伏里奥。

---

1 五倍的绅士纹章（five-fold blazon）：blazon 指绅士的盾形纹章，five-fold 则指在上一行提及
　的"谈吐、相貌、肢体、举止和气质"五个方面都符合绅士标准，故为"五倍"。

马伏里奥　是，小姐。　　　　　　　　　　　　　　　　下
奥丽维亚　我茫然不知做了什么，只怕
　　　　　眼睛贪恋美色，忘了思索。
　　　　　命运，看你的能耐了。我们身不由己。
　　　　　一切皆命中注定，由它去。　　　　　　　　下

第 二 幕

第一场　/　第六景

安东尼奥与西巴斯辛上

安东尼奥　你不再多留些时日？你真不要我和你一起去？

西巴斯辛　请恕罪，不用了。我命宫多舛，坏运气恐影响到你；故我
愿离开你，让我一人承受厄运。若让你惹上厄运，就辜负
了你对我的爱。

安东尼奥　可你得让我知道你要去哪里。

西巴斯辛　不能，真的，先生，我的航行漫无目的。但我知道你谦和
有礼，从未强迫我说出我不愿说的事情。因此，我也依礼
把我的身世告诉你。安东尼奥，你要知道我本叫西巴斯辛，
而非现在的化名罗德里格。我父亲是梅萨林的西巴斯辛，
我知道你听说过他。他去世后只留下我和妹妹二人，她和
我同时出生。如果上天乐意，愿我们同时死。可你，先生，
把这打乱了。在你把我从大浪中救上来之前的大约一小时，
我妹妹已经淹死了。

安东尼奥　哎呀！那天真惊险！

西巴斯辛　一位小姐，先生！虽然都说她很像我，但却更美丽。尽管
我不全信大家对她的赞美，我却敢说，她心底美好，即使
那些心怀恶意的人也不得不承认。先生，她淹死在咸海水
中，如今我要用更多咸咸的眼泪淹没对她的思念。

安东尼奥　请原谅，先生，我招待不周。

西巴斯辛　啊，慷慨的安东尼奥，打扰了。

安东尼奥　　如果你能为了我的爱不让我悲伤，就让我做你的随从。

西巴斯辛　　如果你不愿毁掉做过的事情，即杀掉你救活的人，请别这样做。马上告别吧。我心很软，我快要像我母亲一样了，在最微不足道的场合，我的眼睛都会暴露我的情绪。我要去奥西诺公爵的宫廷，再会。　　　　　　　　　　下

安东尼奥　　愿诸神都来保佑我！

　　　　　　我在奥西诺宫廷树敌太多。

　　　　　　否则你我很快在那儿相会。

　　　　　　但不去管它，我那样爱你，

　　　　　　危险好比游戏，我定要去。　　　　　　　　　下

第二场　/　第七景

薇奥拉与马伏里奥自不同门分上

马伏里奥　　你不是刚才与奥丽维亚小姐在一起吗？

薇奥拉　　　是的，先生。我不紧不慢地走着，如今才到这儿。

马伏里奥　　（拿出一戒指）她把这个戒指还给你，先生。把它收回去吧，倒也省得我费劲儿。她交代你要让你家主公死心，她看不上他。还有一件事，你不要再为了他的事厚着脸皮来了，除非是来汇报你家大人听到这个回复后的反应。拿回去吧。

薇奥拉　　　她从我这儿把戒指拿过去的，我不能收回来。

马伏里奥　　（把戒指掷于地上）好了，先生，你非把戒指扔给她，她也非要给你扔回来。如果值得你弯腰，它就在你眼前。如果

不值得，谁捡到算谁的。 下

薇奥拉　　我从未留过戒指，这小姐何意？

我的外表不能诱惑她！上天不许！

她把我上下打量，那么认真仔细，

我想她的失言全怪她的眼睛，

她刚才确实语无伦次。

她爱上我了，我确定。爱情的花招，

让她支使这位粗鲁的信差邀我回去。

不收我家主公的戒指？咦，他没送她戒指；

我是她爱上的男人。若是如此，正是如此，

可怜的小姐，她不如爱一场春梦。

乔装，我看，不啻一桩恶行。

它让诡计多端的敌人多次得逞，

很容易通过以假乱真

让外表像图章一样印在女人蜡做的心上！

唉！起因都是我们的脆弱，不怪我们！

因为我们是脆弱做成的，我们就是脆弱，

接下来会怎样？我的主人爱她如命，

而我，可怜的怪物，对主人一往情深。

而她，错认人，似乎爱上了我。

这一切该怎么办？我是个男人，

我的身份使我无望获得主人的爱。

我又是个女人——哎呀，想想有一天！

可怜的奥丽维亚将怎样叹息？

啊，时间，定是你搅乱了一切，不是我，

我可解不开这团乱麻。 下

第三场 / 第八景

托比爵士与安德鲁爵士上

托比爵士 来吧，安德鲁爵士。午夜之后未上床，就是早起。俗话说：早起对健康有益。这你知道——

安德鲁爵士 不，我发誓我可不知道这个。我知道晚睡就是晚睡。

托比爵士 结论错误。我恨这种论断犹如恨一个空酒杯。午夜后还未睡，再去睡就太早了，所以午夜后去睡就是早睡。生命难道不是由四种元素组成？

安德鲁爵士 是的，是这么说的，但以我之见，生活不过吃喝而已。

托比爵士 你真是位学者！那就让我们吃吃喝喝吧。玛利安，听我的，来一大杯酒！

小丑费斯特上

安德鲁爵士 傻丑来了，老天！

费斯特 怎么样，朋友！你们没见过《三人行乐图[1]》？

托比爵士 欢迎，傻驴。唱一首！

安德鲁爵士 我发誓，傻丑胸腔绝佳。要是我能有这样的腿，这样美的声音唱歌，我愿拿四十先令来换。说真的，昨晚你真好笑，你说什么皮格罗格罗米特斯，还有什么瓦培斯人穿过丘伯斯的赤道线。[2] 真是有意思极了！真的！我给你送去六便士贴补相好。拿到了吧？

费斯特 我已把你的好意收入囊中，因为马伏里奥的鼻子做不成鞭

---

1 原文 the picture of 'we three'，指带文字说明的二傻或二驴图，观者为第三人。

2 此句中的皮格罗格罗米特斯（Pigrogromitus）、瓦培斯人（the Vapians）、丘伯斯（Queubus）和下一句的好意（gratillity）都是费斯特杜撰的词汇，用以插科打诨。

子柄儿。我的相好手儿白皙，莫米顿[1]也并非小酒馆。

安德鲁爵士 好极了！啊哟，这是最好的玩笑话，是傻丑的本行。现在，唱首歌儿吧。

托比爵士 （递给费斯特一硬币）来，这儿有六便士拿去。唱吧。

安德鲁爵士 （又递过一硬币）我这儿也有个六便士。要是一位爵士给你一个——

费斯特 诸位想听情歌，还是酒歌[2]？

托比爵士 情歌，情歌。

安德鲁爵士 对，对，我不要听什么美德。

费斯特 啊，我的女郎，你要去何方？

（唱）

啊，留步且听，来的是你的情郎。

他的歌声高低婉转，

莫前行，美丽的姑娘，

旅程的终点是情人遇上，

智者之子全都知晓。

安德鲁爵士 太妙了！我发誓！

托比爵士 好！好！

费斯特 什么是爱？它不在来日。

（唱）

行乐及时笑亦及时。

前途总也看不透，

一蹉跎，余下无多。

---

1 莫米顿（Myrmidons）：亦译密耳弥冬人，是阿喀琉斯（Achilles）的追随者。此词也可能戏仿莎士比亚时代伦敦的美人鱼客栈（Mermaid Inn）。此处取第二义。

2 原文为 a song of good life。安德鲁爵士把 good 理解为 virtuous，moral（道德的、高尚的）。

吻我，用二十倍的亲热，

青春从来不长久。

安德鲁爵士	多美妙的声音！我用爵士头衔起誓！
托比爵士	多臭的口气！
安德鲁爵士	又妙又臭！我发誓。
托比爵士	用鼻子听，臭烘烘得真美妙。我们要不要唱个天摇地动？我们要不要来一曲联唱惊醒夜枭，以三对一让纺织匠[1]灵魂出窍？要不要来？
安德鲁爵士	你要爱我，赶紧来。我唱起联唱就像小狗扑食一样拿手。[2]
费斯特	我保证，先生，有些狗扑得不错。
安德鲁爵士	那当然。我们来联唱《你这混蛋》。
费斯特	《住口，你这混蛋》，对吧，爵士？我不得已要叫你混蛋了，爵士。
安德鲁爵士	这不是我第一次让人不得已叫我混蛋了。开始吧，傻丑。第一句"住口"。
费斯特	如果我住口，我永远开始不了。
安德鲁爵士	没错，真是这样。来，开始吧。（联唱开始）

玛利娅上

玛利娅	你们在这儿猫叫春的做什么？如果我家小姐没交代管家马伏里奥，命他把你们赶出门，就永远别相信我。
托比爵士	咱家小姐是个清教徒，我们是捣乱者。马伏里奥是监视丈夫的妒妇，而"我们是三个欢乐的人"。我不是同宗吗？我

---

1 纺织匠（weaver）多擅唱圣歌，以酒歌来刺激纺织匠，其乐无穷。

2 原文为 I am dog at a catch，安德鲁爵士以此做文字游戏，表示 good at a catch。dog 意为 good；catch 既表示"联唱"，也表示狗"扑食"。但下一句费斯特故意在 dog 的本义上做文章，嘲笑安德鲁爵士是狗。

和她不是同一血统吗？胡说什么！姑娘！

（唱）

"有个男人住在巴比伦，姑娘，姑娘！"

费斯特　　　天啊，爵士真像一个傻丑啊。

安德鲁爵士　对，他要来了情绪，做得很像呢，我也一样。他要花心思
　　　　　　　才这样，我却更自然、更像。

托比爵士　　（唱）

"啊，十二月的第十二天"——

玛利娅　　　拜托！停！

马伏里奥上

马伏里奥　　诸位先生，你们疯了吗？你们是什么身份？难道你们没理
　　　　　　　智、没礼貌、没体统，在夜间这个时候像补锅匠一样聒噪？
　　　　　　　你们要把我家小姐府邸变成酒馆，也不放低声音，吼叫补鞋
　　　　　　　匠小曲？你们难道一点儿都不顾忌时间、地点和别人？

托比爵士　　我们时间节奏掌握得很好，先生。闭嘴吧！

马伏里奥　　托比爵士，我必须坦白告诉你。我家小姐命我告诉你，尽
　　　　　　　管她作为同族人把你收留，她对你的不端一点儿都不苟同。
　　　　　　　要是你改过自新，欢迎回到府上。否则，要是你愿意离开，
　　　　　　　她会很高兴和你说再见。

托比爵士　　（唱）

"再见，亲爱的心肝儿，我不得不走。"

玛利娅　　　不，好托比爵士。

费斯特　　　（唱）

"他的眼睛说他的日子差不多完了。"

马伏里奥　　是这样吗？

托比爵士　　（唱）

"可我永远不会死亡。"

费斯特	托比爵士，那你可是扯谎。
马伏里奥	你这点做得不错。
托比爵士	（唱）
	"要我轰他走吗？"
费斯特	（唱）
	"你要这么做，会怎样？"
托比爵士	（唱）
	"要我轰他走，还是放过他？"
费斯特	（唱）
	"啊，不，不，不，你不敢这么做。"
托比爵士	跑调了，先生。你撒谎。你不就是个管家吗？你是否认为，自己守规矩，就不许别人饮酒欢乐？
费斯特	是呀。对着圣安娜[1]发誓，酒里的姜在嘴里还怪辣呢。
托比爵士	你说得对。先生，去用面包屑擦亮你的链子吧。[2]来一大杯酒，玛利娅！
马伏里奥	玛利姑娘，你要是尊重小姐的旨意而不是藐视，你就不会纵容此等不端行径。小姐会知晓的，我用手发誓。　　　下
玛利娅	去摇你的驴耳朵邀宠吧。
安德鲁爵士	饥饿的时候喝酒，其乐趣等同于向他挑战来决斗，然后再毁约愚弄他一番。
托比爵士	就这么办，爵士。我要替你向他下战书，或者我亲口去向他传达你的挑衅。
玛利娅	亲爱的托比爵士，今晚先不忙。今天公爵那边来了一位年

1　圣安娜（Saint Anne）：圣母马利亚（the Virgin Mary）的母亲。该说法为讽刺清教的用语。

2　管家常佩戴象征其身份的链子，以示其地位高于其他下人。链子常用面包屑擦拭，以使其更亮。此处托比爵士借链子来强调马伏里奥不过是一介下人。

轻人和小姐见面，她情绪相当不稳。至于这位马伏里奥先生，交给我就行。要是我没把他当大傻子戏弄，让他成为笑柄，我就不能说自己聪明到能直直地躺在床上。我知道自己能做到。

托比爵士	快说，快说，告诉我们他是什么样的人。
玛利娅	嗯，先生。有时他像个清教徒。
安德鲁爵士	啊，我要是知道这个，我一定会像揍一条狗一样揍他！
托比爵士	什么，因为是清教徒？亲爱的爵士，这是你的绝佳理由？
安德鲁爵士	我揍他没有什么绝佳理由，但我的理由已足够。
玛利娅	鬼才相信他是个清教徒，他啥也不是，就是个马屁精、一头自命不凡的蠢驴！记住一些冠冕堂皇的话，到处卖弄。他最自以为是，觉得自己哪里都好。他坚信见过他的人都爱他。我的复仇计划正是利用他的这个缺点才能得以实现。
托比爵士	你要怎样做？
玛利娅	我会把一些暧昧的情书丢在他走的道儿上。他会发现这些情书简直就是写给他的，里面人物的胡子颜色、腿型、步态、眼神、表情和脾性，无一不像他。我写的字和您侄女的字几乎一样，如果不说，要是忘了当初因何而写，我们的字迹很难分得清。
托比爵士	太棒了！我闻到了你的计谋。
安德鲁爵士	我也闻到了。
托比爵士	从你丢下的那些信件，他会认为写信人是我侄女，她爱上了他。
玛利娅	对！我的意图正如此！
安德鲁爵士	如今你要让他变成一头蠢驴。
玛利娅	蠢驴！我毫不怀疑！
安德鲁爵士	啊！一定很精彩！

玛利娅	堪比王室游戏，我保证。我这是对症下药。我会安排你们俩，连同傻丑，都躲在他发现信的地方，观察一下他的反应。今天晚上，去睡吧，梦里想想这件事。再见。　　　　下
托比爵士	晚安！彭忒西勒亚[1]！
安德鲁爵士	我敢说，她是个好姑娘！
托比爵士	她是头狡猾的小猎犬，教养好，还爱慕我。怎么样？
安德鲁爵士	我以前也有人爱慕。
托比爵士	我们去睡吧，爵士。你得让人再取些钱来。
安德鲁爵士	要是我不能赢得你侄女芳心，我就真完蛋了。
托比爵士	取钱吧，爵士。要是你最终没把她搞到手，就叫我阉马。
安德鲁爵士	要是我没派人去取钱，就别再相信我，任你处置。
托比爵士	来，来，我去煮点儿酒。现在去睡觉也太晚了。来，爵士，来，爵士。　　　　同下

第四场　　/　　第九景

公爵奥西诺、薇奥拉、丘里奥及其他人上

奥西诺	请奏乐。——早安，朋友们。 此刻，好西萨里奥，就那首歌吧， 我们昨晚听的那首古老悠远的歌， 我觉得它确能有效减轻我的悲伤，

1　彭忒西勒亚（Penthesilea）：亚马孙女王，女战士。

强过轻浮小调和造作的辞藻，

这些在时下最时髦也最轻佻。

来，唱一节。

丘里奥　　他不在这儿，殿下，唱歌儿的人不在。

奥西诺　　那是何人？

丘里奥　　费斯特，一个逗乐小丑，殿下。奥丽维亚小姐的父亲很喜
　　　　　　欢的一个小丑。他就在附近。

奥西诺　　把他找出来，奏乐吧。　　　　　　　　　　　　丘里奥下

　　　　　　过来，孩子，若你坠入爱河，（音乐起）

　　　　　　尝过它的喜乐痛苦，想想我，

　　　　　　我正如此，所有情种亦然；

　　　　　　对别的情感都恍惚浮躁，

　　　　　　除了对一个身影恒久不变，

　　　　　　那是他的心上人。你喜欢这曲子吗？

薇奥拉　　它真是心底的回声，

　　　　　　那里爱情高踞为王。

奥西诺　　你说得真对，

　　　　　　正中我心。你虽年轻，你的眼睛

　　　　　　却曾徘徊在它倾慕的某张脸上。

　　　　　　是否如此，孩子？

薇奥拉　　是有一点儿，随您怎么说吧 [1]。

奥西诺　　那位女士什么样？

薇奥拉　　和您很像。

奥西诺　　那她配不上你。多大年龄，说真的？

1　原文为 by your favour，薇奥拉是在用 favour（旧时英语中有"面孔"之义）做文字游戏，表
　示两层意思：（1）随您怎么说吧；（2）是您的面孔。

薇奥拉	和您差不多，殿下。
奥西诺	老天！太老了！女人总要寻
	一个比她大的，那样她才称心如意。
	在她丈夫心中她才正般配。
	孩子，不论我们如何称赞自己，
	我们的心更轻浮不坚、
	更多渴求、更易改变、更快结束和疲倦，
	难比女人。
薇奥拉	我都知晓，殿下。
奥西诺	那就让你情人比你年轻，
	否则你的情感禁不住改变。
	女人如玫瑰，其艳丽花朵
	一旦绽放，同一刻即凋落。
薇奥拉	她们确实如此。唉，确实如此。
	凋零，正在她们风华正茂时！

丘里奥与小丑费斯特上

奥西诺	（对费斯特）啊，伙计，来，昨夜我们那首歌。——
	听！西萨里奥！这首歌古老简单，
	阳光下的纺织匠和编织工、
	用骨线轴编织的天真少女
	常常唱起。它朴素真挚，
	蕴含着纯洁的爱情，
	一如古老岁月。
费斯特	您准备好了吗，先生？
奥西诺	请唱。（音乐起）

费斯特 （歌曲，唱）
来吧，来吧，死神。
把我放进伤心的柏木棺。
飞逝吧，飞逝，呼吸，
把我杀死的女人美丽又凶残。
白寿衣，缀满紫杉枝，
啊，请备好！
我的死，真心爱过的人士
都比不了。

花儿，花儿，芬芳四溢，
莫把它们撒在我的黑色灵柩。
朋友，朋友，莫来拜辞
我可怜的尸身，我的骨头不会存留，
省去悲叹千千万。
把我安置，啊，在那坟墓，
忧伤的情种寻不见，
无从哭！

奥西诺 辛苦你了，这些钱拿着。

费斯特 不辛苦，先生。我唱歌很享受呢，先生。

奥西诺 那这钱就赏给你的享受[1]。

费斯特 确实如此，先生，享受总会有代价的，早晚的事儿。

奥西诺 现在请允许我不留你了。

费斯特 此刻，我愿忧伤之神保佑您，我希望裁缝用变色缎给您做

1　赏给你的享受（pay thy pleasure）：奥西诺听到费斯特说很享受唱歌，就说赏钱给他的这种"享受"的心态。在下一句，费斯特用这个短语与谚语 pleasure will be paid with pain 构成文字游戏。

> 紧身上衣，因为您的心就是一块猫眼变色石。我祝愿如此
> 善变的男人都出海，他们什么都要做，哪儿都要去，因此
> 结局总是一场一无所获的美好航程。再见。　　　　　　下

奥西诺　其他人也退下吧。（丘里奥及众侍从退至一旁）

再麻烦一次，西萨里奥，

你还去那位残忍的君主那里，

告诉她，我的爱比世人都高贵，

不看重广袤的烂泥土地，

命运赐给她的那些财富。

告诉她，我像对待命运一样不在乎。

是她那绝世珍宝般的美

天然生成，打动了我的灵魂。

薇奥拉　但她要是不爱您，先生？

奥西诺　这样答复我可不接受。

薇奥拉　噢，可您不得不接受。

若有名女子，可能真有，

热烈痛苦地爱着您

一如您爱奥丽维亚。您不爱她。

您这样告诉她。她不是必须得接受？

奥西诺　没有女人

能经受如此强烈情感的冲击，

就像我心中的爱那样，女人的心没有

如此宽大，能承受这么多。她们缺乏韧性。

噢，她们的爱该叫作食欲，

不走肝脏，只是味觉一掠而过，[1]

1　肝脏（liver）被认为是强烈情感的聚集处，味觉（palate）则很容易得到满足。

会过量，反胃作呕。
但我的爱却有大海一样的吞噬力，
消化能力也像大海。别拿
一个女子对我的爱和
我对奥丽维亚的爱来对比。

薇奥拉　　对，不过我了解——

奥西诺　　了解什么？

薇奥拉　　非常了解女人对男人的爱是什么：
事实上，她们的真心一如我们。
我父亲有个女儿爱上了一名男子，
说真的，也许，我要是女子，
我会爱上殿下您。

奥西诺　　她的情史如何？

薇奥拉　　空白一片，殿下。她从不提她的爱人，
倒是遮遮掩掩，像花心里的虫子
吞噬着她的玫瑰面庞。她在思虑中憔悴，
脸色绿黄，满是忧愁，
她坐在那儿，寂静得像墓碑上的雕塑，
对着哀伤微笑。这难道不是真爱？
我们男人说得多，发誓多，但其实
表演多过心愿，因为我们总在证明
泛滥的是誓言，欠缺的是爱情。

奥西诺　　你姐姐死于爱情，孩子？

薇奥拉　　父亲家里的所有女儿是我，
所有弟兄也是我，但我不太确定。
先生，要我去这位小姐府上？

奥西诺　　对，这是正事。

（递过一珠宝）快去她那儿，给她这件珠宝；
说我的爱不放弃，也不愿被回掉。   众人下

第五场   /   第十景

托比爵士、安德鲁爵士与费边上

托比爵士　　随我来，费边先生。

费边　　不客气，我来了。要是我把这场好戏错过一丁点儿，就把
我用忧郁的胆汁煮 [1] 死。

托比爵士　　难道你不想看到这条卑鄙、混账、到处乱咬的恶狗被狠狠
羞辱一顿？

费边　　我太乐意了，先生。你知道，那次在这儿斗熊，他搞得我
失去了小姐的宠爱。

托比爵士　　为了激怒他，我们还要找头熊来，要把他耍弄得狼狈不堪。
我们要不要这样做，安德鲁爵士？

安德鲁爵士　　要是不做，我们会抱憾终身。

玛利娅上

托比爵士　　（对玛利娅）小始作俑者来了。——现在如何，金贵的宝贝？

玛利娅　　你们三个躲进方形灌木丛去，马伏里奥顺着这条道儿来了。
半个钟头以来，他都在那边阳光下对着自己的影子练习仪

---

1 煮（boiled）：boiled 形似 bile（胆汁），构成文字游戏；忧郁（melancholy）是一种冰冷、
黑色的体液，此处为玩笑话。

态呢。瞧好了，要是想看热闹，（把一信放在地上）我知道
这封信会让他变成一个呆瓜。藏好，看在上帝的分上！（他
们藏好）待在那儿，鳟鱼过来了，它马上会被搔到痒处[1]、束
手就擒。　　　　　　　　　　　　　　　　　　　　　　下

马伏里奥上，↓马伏里奥听不到托比爵士及其他人讲话↓

马伏里奥	侥幸！都是侥幸！玛利娅曾告诉我小姐喜欢我，我也听到她几乎把这话说出来。若她恋爱，爱人一定长得像我这样。另外，她使唤我的时候，比其他下人都高看一眼。这都意味着什么？
托比爵士	恬不知耻的流氓！
费边	啊，安静！异想天开的他就是一只罕见的骄傲火鸡。看他趾高气扬，神气活现。
安德鲁爵士	我发誓，我要痛扁这个流氓！
托比爵士	安静，我说。
马伏里奥	我要当上马伏里奥伯爵了！
托比爵士	啊！流氓！
安德鲁爵士	射死他！射死他！
托比爵士	安静！安静！
马伏里奥	这有例可循：斯特雷奇小姐下嫁给了为她管理衣橱的用人。
安德鲁爵士	该死！一个十足的耶洗别[2]！
费边	啊，安静！现在他已深以为然了，瞧他异想天开的得意劲儿。
马伏里奥	把她娶过来三个月后，坐在华盖下的宝座上——
托比爵士	啊！用石子弹弓打他的眼睛！
马伏里奥	把下人都唤到我身边，穿着绣有枝叶图样的天鹅绒袍子，

---

1 抓鳟鱼的方法之一是碰触其腮下。
2 耶洗别（Jezebel）:《圣经》中以色列国王之妻，性情恶毒、奸诈、淫荡。

	我刚从沙发床[1]上起身，奥丽维亚还躺在那儿酣睡——
托比爵士	真该死![2]
费边	啊！安静！安静！
马伏里奥	然后我要端起架子，郑重地视察一圈，告诉他们我知道我的位置，我也希望他们知道他们的位置，去把我的族人托比叫来——
托比爵士	手铐！拿手铐！
费边	啊！别叫！别叫！别叫！喂！喂！
马伏里奥	七个下人，听从我的命令，去找他来。我时不时皱皱眉，拨弄一下手表，或把玩一下———件昂贵的珠宝。托比进来了，对我鞠躬行礼——
托比爵士	这个家伙还让他活着？
费边	纵使马车要把肃静从我们身上拽走，也别吭声！
马伏里奥	我像这样把手伸给他，收起平素友好的微笑，换上端庄威严——
托比爵士	难道托比没一拳打在你嘴唇上？
马伏里奥	我说："托比叔父，我有幸娶了你的侄女，现在有权和你讲几句话。"
托比爵士	什么？什么？
马伏里奥	"你必须戒酒。"
托比爵士	滚出去！混蛋！
费边	别！忍一下！否则会毁掉我们的计划。
马伏里奥	"还有，和傻瓜爵士混在一起，简直在浪费你的宝贵光阴。"——

1　沙发床（daybed）在此处有性联想。
2　原文为 Fire and brimstone，来自《圣经》，象征上帝的愤怒。上帝降"火"和"硫黄"惩罚不忠的人。

安德鲁爵士	指的是我,我敢保证。
马伏里奥	"那位安德鲁爵士"——
安德鲁爵士	我就知道是指我,因为很多人都叫我傻瓜。
马伏里奥	(捡起信件)这是怎么回事?
费边	现在山鹬¹要上套了。
托比爵士	啊!别吭声!希望他福至心灵,高声读出来。
马伏里奥	我以生命起誓,这是小姐的笔迹。这是她写的 C,她的 U,她的 T,她就是这样写出大大的 P 的。毫无疑问,这就是她的笔迹。
安德鲁爵士	她的 C,她的 U,她的 T。为啥关注这个?
马伏里奥	(读信)"致我一无所知的爱人,谨以此信和衷心的祝福。"是她的措辞!抱歉,有蜡封。等等!上面有带鲁克丽丝²图像的印章,正是小姐使用的。是我家小姐的信,写给谁的呢?
费边	这个念头捕获了他,占领了他的肝脏和全身。
马伏里奥	(读信)

> "朱庇特知我恋爱,
> 但所爱何人?
> 嘴唇,请勿开,
> 无人得闻。"

"无人得闻。"接下来是什么?诗中的节奏变了!"无人得闻。"假如是你呢,马伏里奥?

托比爵士	真的,绞死他!坏蛋!
马伏里奥	(读信)

> "我能使唤我的爱人,

---

1 山鹬(woodcock):在民间常被视作笨鸟。

2 鲁克丽丝(Lucrece):一罗马女子,受辱后自杀。

但沉默，如鲁克丽丝之刀，
刃不带血却刺进我的心，
M. O. A. I. 把我的生命控制。"

费边	好一个做作的谜语！
托比爵士	小妮子好样的，我敢说。
马伏里奥	"M. O. A. I. 把我的生命控制。"不对，但先让我想想，让我想想，让我想想。
费边	她为他准备了好一碟毒药！
托比爵士	看这头小鹰怎样展翅俯冲过来！
马伏里奥	"我能使唤我的爱人。"哎呀！她可以使唤我呀！我服侍她，她是我的女主人。哎呀！对任何智力正常的人来说，这都显而易见。这一点没有歧义。至于结尾——这地方的字母指什么？假如找找它和我身上的相似之处，等等！M.O.A.I.——
托比爵士	啊！是呀，快想出来！他现在嗅不到气味了。
费边	索特猎犬还是会吠的，尽管臭得像狐狸。
马伏里奥	M.——马伏里奥，M.——哎呀！这是我名字的首字母！
费边	我不是说过他会想出来吗？这条狗在出岔子后还能继续！
马伏里奥	M.——但接下来并不连贯，还需要调查。接下来应该是 A，但却是 O。
费边	结尾会是 O，我希望。
托比爵士	对，否则我会搂他，让他大喊 O！
马伏里奥	然后 I 在后面。
费边	对，要是你后面长眼睛[1]，你会发现脚后跟上的诽谤比面前的运气要多。
马伏里奥	M. O. A. I.，此处隐含的意思不像先前那样清楚。不过，再

---

1 眼睛（eye）和同句中的"对"（ay）以及上一句马伏里奥提到的字母 I 构成谐音双关。

仔细看还是和我有关的，因为这些字母中的每一个都在我的名字里。等等，（读信）下面是散文："如果这封信落入你手中，仔细读。论出身，我比你高，但不要惧怕高贵。有人生来高贵；有人赢来高贵；还有人是高贵逼上身来。你的命运张开了手，让你的身体和灵魂都来拥抱它们。为了让你习惯你可能要面对的生活，蜕去你的寒酸外表，以新形象出现。要与族人对抗，对下人更得如此。你口中应谈论国家大事，举止应与众不同。建议你这样做的女人在为你叹息。想想是谁称赞过你的黄袜子，希望看到你交叉着绑袜带。我说，想一想，去吧，如果你希望如此，你已经做到了。否则，我还是把你当作管家来看，还是一名下人，不配触摸'命运'的手指。再见，她愿意和你把主仆位置交换。

                                   幸运但不快乐的人儿"
白昼和平原不能找到更大的差别了。这是公示了，我很骄傲。我要去读政治作家，我要去为难托比爵士，我要和低贱的熟人绝交，我要从头到脚成为那个男人。我现在并非在愚弄自己，上幻想的当，因为每个理由都指向这件事——我家小姐爱我。她最近确曾称赞过我的黄袜子，她还赞扬过我的腿上交叉着绑袜带。在这当中，她流露出对我的爱，用一种命令的方式让我投其所好。感谢我的辰星，我真幸福。我要矜持、高傲，穿上黄袜子，把袜带交叉，我要赶紧把这些穿上。上帝和我的辰星真该表扬！（读信）这儿还有附言："你可能已猜到我是谁。如果你接受我的爱，把你的微笑展示出来。你的笑容于你最美，因此，在我面前你要保持微笑，我亲爱的宝贝。求求你。"上帝，谢谢你。我会微笑，你让我做什么，我都乐意。   下

（托比爵士、安德鲁爵士与费边从藏身处出来）

费边 我绝不会错过这场好戏，纵使波斯国王给我俸禄千万。

托比爵士 为了这个计谋，我要娶这个妮子。

安德鲁爵士 我也要娶。

托比爵士 不要别的嫁妆，再来一场这样的好戏就行。

玛利娅上

安德鲁爵士 我也不要别的。

费边 捉弄傻瓜的高人来了。

托比爵士 您愿把贵足踩我脖子上吗？ ¹

安德鲁爵士 或者踩我的上面？

托比爵士 让我拿自由赌一下，做您的奴隶吧？

安德鲁爵士 真的，让我也这样吧？

托比爵士 喂，你让他做了这样一场美梦，等幻象消失，他定会疯掉。

玛利娅 不会的。但说真的，这对他有效吗？

托比爵士 正像白兰地配接生婆。

玛利娅 你要想看这场戏的结果，注意观察他接下来到小姐面前去：他会穿上黄袜子去见小姐，这种颜色让她恶心；袜带十字交叉，这种时髦让她厌烦。他会对她微笑，这不合她现在的心境，因为她正沉浸在忧伤之中，结果就是他会自讨一场大人的羞辱。你们要是想看，跟我来。

托比爵士 跟你到地狱门口去，你这个最了不起的聪明鬼！

安德鲁爵士 我也去。 众人下

---

1 言外之意是我对你佩服得五体投地。

第 三 幕

第一场 / 景同前

薇奥拉与小丑费斯特上，携一小鼓

薇奥拉　　　上帝保佑你，朋友，还有你的音乐。你靠着鼓生活 [1] 吗？

费斯特　　　不，先生，我靠着教堂生活。

薇奥拉　　　你是教士？

费斯特　　　没这回事，先生。我确实靠着教堂生活，因为我就住在我家，我家就靠近教堂。

薇奥拉　　　那你可以说国王躺在乞丐身旁，如果一个乞丐住在他附近，或者教堂矗立在你的鼓旁，如果你的鼓放在教堂边上。

费斯特　　　你说得对，先生！看看如今这个年代！对一个聪明人来说，一句话就像一只小山羊皮手套，里面很快就被翻到了外边！

薇奥拉　　　确实如此。那些玩弄字眼儿的人很快就让文字变得不正经。

费斯特　　　因此，我宁愿我妹妹不起名字，先生。

薇奥拉　　　为什么，伙计？

费斯特　　　为什么，先生！她的名字是个字眼，玩弄这个字眼会让我妹妹变得不正经。然而，事实上，自从文字让合约羞辱，文字就成了流氓。

薇奥拉　　　你的理由是什么？伙计？

费斯特　　　说实话，先生，不用文字，我无法跟你解释，但文字又那

1　靠着鼓生活（live by thy tabor）：与费斯特说的话"靠着教堂生活"（live by the church）为文字游戏。

	么虚假，我不想用文字来证明我的理由。
薇奥拉	我打赌你是个快乐的家伙，什么都不在乎。
费斯特	不对，先生，我确实在乎某些事情。但在我心底里，先生，我并不在乎你。如果这说明我什么都不在乎，先生，我想你该消失，因为你什么也不是。
薇奥拉	你不是奥丽维亚小姐府上的傻子吗？
费斯特	不，事实上，奥丽维亚小姐不傻，结婚之前她也不养傻子，先生。傻子之于丈夫，就像小沙丁鱼之于大鲱鱼，丈夫就是那更大的傻子。我不是她的傻子，只是为她玩弄文字的人。
薇奥拉	我刚在奥西诺公爵那里见过你。
费斯特	愚蠢，先生，如太阳般沿着轨道移动，照耀着全世界。我很抱歉，先生，但是你家主人和我家小姐一样，身边常有傻子相伴。我想我在那儿见过你这个聪明人。
薇奥拉	不，如果你在取笑我，我就不理你了。等一下，（递过钱）有点儿钱给你。
费斯特	哦，朱庇特！下次再赐人毛发时，愿他送给你一副胡须！
薇奥拉	（旁白）说真的，我要告诉你，我几乎等不及要一副胡须，尽管我不会让它长在我的下巴上。——你家小姐在吗？
费斯特	一对这样的硬币是否会生出更多的钱，先生？
薇奥拉	会呀，把他们放一块儿去投资。
费斯特	我愿扮演弗里吉亚的潘达洛斯，把一个克瑞西达送给这个特洛伊罗斯。[1]
薇奥拉	（给更多钱）我懂了，先生，要钱要得很巧妙。

---

1 此句中的潘达洛斯（Pandarus）是克瑞西达（Cressida）的叔叔，同时也是克瑞西达和其情人特洛伊罗斯（Troilus）之间的传信人。

| 费斯特 | 我希望这不是什么大事，先生，毕竟乞讨的对象是一个乞丐，克瑞西达正是个乞丐。我家小姐在里面，先生。我得向他们汇报你从何处来，你是何人，至于所来何意就超出我的范围了。我想说"要素"，但这个词已经用滥了。 下 |

薇奥拉　　这家伙聪明得够演小丑，

做这一行头脑得够机智；

他挖苦人前先看人情绪、

身份、时机，

像野鹰扑向每一只

来到眼前的禽鸟。此行

的辛苦和技巧与聪明人的职业一样，

他聪明地把愚蠢表现得恰如其分，

但聪明人一犯傻就全没了聪明劲儿。

托比爵士和安德鲁爵士上

托比爵士　　上帝保佑你，先生。

薇奥拉　　也保佑你，先生。

安德鲁爵士　　上帝保佑你，先生。[1]

薇奥拉　　也保佑你，我是你的仆人。

安德鲁爵士　　我希望，先生，你是我的仆人，我也是你的仆人。

托比爵士　　你要进去吗？要是你为我侄女而来，她正盼着你进去。

薇奥拉　　我正是为你侄女而来，先生，我是说她是我此行的目的。

托比爵士　　试试贵腿[2]，先生，请让它们动起来。

1　原文 *Dieu vous garde, monsieur* 为法语。薇奥拉在下一句亦用法语作答。

2　托比爵士在此咬文嚼字，故作斯文。

薇奥拉	我的腿倒是让我好好站立着，先生，但我不理解[1]让我"试试贵腿"是什么意思。
托比爵士	我是说，走起来，先生，请进。
薇奥拉	我愿随你进去。但我们不用麻烦了，人家已抢先一步出来了。

奥丽维亚与侍女玛利娅上

	最美丽优雅的小姐，愿您沐上天之芬芳！
安德鲁爵士	（对托比）那位年轻人是个奇才。"沐芬芳"，好极了。
薇奥拉	我的使命不能讲，小姐，除非只讲给您那最擅听、最专注的耳朵。
安德鲁爵士	（对托比）"芬芳"、"擅听"和"专注"，我把这三个词都记下了。
奥丽维亚	关上花园门，让我一人留下听他讲。——

托比爵士、安德鲁爵士与玛利娅下

	扶我一下，先生。
薇奥拉	我很荣幸，小姐，愿为您效劳。
奥丽维亚	怎么称呼你？
薇奥拉	您的仆人名叫西萨里奥，美丽的公主。
奥丽维亚	我的仆人，先生？好时光一去不返， 自从奴颜婢膝被当作谦恭有礼。 你是奥西诺公爵的仆人，年轻人。
薇奥拉	但他是您的仆人，他的心腹也是您的； 您的仆人的仆人是您的仆人，小姐。
奥丽维亚	至于他，我不关心；至于他的心思，

---

1 薇奥拉用 understand 做文字游戏：My legs do better understand me, sir, than I understand what you mean... 第一个 understand 为 stand under，意为"在下面支撑"，第二个 understand 意为"理解"。

　　　　　　　　愿它们都是白纸，也胜过用我填满！
薇奥拉　　　　小姐，我来此是希望您的柔情
　　　　　　　成全他。
奥丽维亚　　　啊，请同意，求你，
　　　　　　　我求你别再提他，
　　　　　　　但你若想再做他求，
　　　　　　　我倒愿意洗耳恭听，
　　　　　　　胜过欣赏天籁之音。
薇奥拉　　　　亲爱的小姐——
奥丽维亚　　　求求你，请允许我说，
　　　　　　　上次在此处我被你迷住，
　　　　　　　我派人拿戒指去追你；此番做法
　　　　　　　羞辱了自己、下人，恐怕，还有你。
　　　　　　　你定会对我有不好评价，
　　　　　　　用无耻诡计，强迫你接受
　　　　　　　不属于你的东西。你会怎样看我？
　　　　　　　你没有把我的名誉拴在柱子上，
　　　　　　　用你暴虐的心想出一切古怪念头
　　　　　　　来折磨它？对你这般聪慧的人，
　　　　　　　一切够明显了。薄纱，而非胸膛，
　　　　　　　掩着我心。所以，让我听听你怎么说。
薇奥拉　　　　我可怜您。
奥丽维亚　　　下一步就是爱。
薇奥拉　　　　不，没有下一步，这是普通感受，
　　　　　　　我们也常常可怜敌人。
奥丽维亚　　　好的。那么我想应该重新微笑了。
　　　　　　　啊！世人！穷人多容易骄傲！

如果要沦为猎物，落入狮口

比落入狼口要好太多！（时钟敲响）

时钟斥责我浪费时间，

别怕，年轻人，我不会纠缠你。

然而，当智慧和青春都达到成熟，

你的妻子会收获一个真正的男人。

那就是你的方向，往西去。

薇奥拉　　那就往西去！愿小姐您拥有

慈悲和好心情！

小姐，您没有什么让我带给主人的？

奥丽维亚　等一下。

我请求你告诉我你对我的看法。

薇奥拉　　您认为您不是您。

奥丽维亚　如果我那样想，我也那样想你。

薇奥拉　　那么您是对的：我不是现在的我。

奥丽维亚　我希望你是我希望你成为的那个人。

薇奥拉　　那样比我现在好吗？小姐？

我希望好一点儿，因为现在我是您的小丑。

奥丽维亚　啊，他满脸的不屑看起来多美，

还有那挂着鄙夷和怒气的嘴唇！

谋杀罪能掩藏得更久，

比起遮掩的爱情，爱情的黑夜是正午。

西萨里奥，凭着春日玫瑰，

童贞、荣誉、诚信和一切，

我如此爱你，不管你的骄傲。

聪慧和理智不能把我的激情遮掉。

不要因此试图找理由，

因为我追求你,你不把我追求。
你的理由有别的理由抵消,
求来的爱虽妙,唾手可得的爱更好。

薇奥拉　凭我的纯真和青春起誓,
我只有一颗心、一腔情和一份忠实,
不属于任何女人,永远不会有哪一个
做它的女主人,除了我。
再见,可爱的小姐,我再不会
向您哀叹我主人的眼泪。

奥丽维亚　再来无妨。或许你能感动
现在厌恶我的那颗心来爱我。　　　　　　　　同下

第二场　／　第十一景

托比爵士、安德鲁爵士与费边上

安德鲁爵士　不,真的,我一秒也不想再待下去了。

托比爵士　什么原因,亲爱的朋友,气哼哼的,说说原因吧。

费边　你一定得说说原因,安德鲁爵士。

安德鲁爵士　好吧,我看见你侄女对待公爵的下人比对我亲热多了。我在花园里瞅见的。

托比爵士　那会儿她看到你了吗,老伙计?告诉我。

安德鲁爵士　清清楚楚就像我现在看到你一样。

费边　这很有力地证明她爱你。

安德鲁爵士 哼，你把我当驴子耍吧？

费边 我能合法地证明，先生，凭着判断和推理作证。

托比爵士 在诺亚当水手之前，判断和推理就是陪审员了。

费边 她在你眼前对那个年轻人亲热是为了激怒你，来唤醒你沉睡的勇气，点燃你的心灵，让你大动肝火。当时你就应该过去搭讪，说一些绝妙的、如新铸硬币一样的笑话，你应该把那个年轻人打击得哑口无言。你被期望这样做，却错过了。你任由时间冲跑了这个双重黄金时机，如今你在我家小姐心中可是驶向北极了，在那里你就像冰柱一样挂在荷兰人的胡须上，除非你将功补过，用勇气或计谋做一些有效尝试。

安德鲁爵士 若要选方法，一定用勇气，因为我厌恶计谋；我宁愿做一名布朗派信徒[1]也不愿做一名政客。

托比爵士 嘿！那你就展示一下勇气以争取你的幸运。挑战公爵的年轻侍从，和他干一架。让他负伤累累，我侄女定会对你青眼有加。我向你保证，能让男人赢取女人赞美的媒人，没有哪一个能比得上勇气的英名。

费边 除此别无他法，安德鲁爵士。

安德鲁爵士 你们谁愿替我向他宣告挑战？

托比爵士 快，用战士的字体写封战书。言辞挑衅而简明。风趣诙谐还在其次，定要言语有力别具一格。用尽笔墨去把他奚落。叫他三声"你小子[2]"，也没什么不当。在纸上尽情指责他谎

1　布朗派信徒（Brownist）：罗伯特·布朗（Robert Browne）的追随者。布朗是一个极端清教团体创始人。

2　原文为 thou。在莎士比亚时代，用 thou 称贵族或陌生人带有侮辱性，用 you 则表示尊敬。

话连篇，纵然那纸大得能当英格兰的韦尔床[1]，也要写满。快，写吧。让你的墨水含足够的苦胆汁[2]，即使用的是轻飘飘的鹅毛笔[3]。不要紧，写吧。

安德鲁爵士　我到哪儿找你们？

托比爵士　我们会到卧室叫你。快去吧。　　　　　　　　安德鲁爵士下

费边　这真是你的一个罕见活宝，托比爵士！

托比爵士　他也稀罕我，孩子，因为我花了他大概两千多金币。

费边　我们会从他那里拿到一封不寻常的信。但是你不会真要把信送过去吧？

托比爵士　我要不送，那你永远别相信我。我还要用尽办法去挑拨那个年轻人应战。我认为用牛和缰绳也不能把他们拉到一起。至于安德鲁，如果他被开膛，你在他肝脏找到的血能盖住跳蚤的脚，[4] 我就把他余下的身体都吃掉。

费边　他的对手，那个年轻人，脸上也没有一点儿狠劲儿。

玛利娅上

托比爵士　瞧！我最小的那只鹪鹩[5]过来了！

玛利娅　要是你们想醒醒脾胃，不怕笑破肚子，跟我来。在那边，马伏里奥这个傻瓜已背叛上帝，成了异教徒。因为通过正当信仰想获救的基督徒，没人会相信那些不可能的荒唐话语。他穿上了黄袜子。

托比爵士　还交叉着绑袜带？

1　韦尔床（bed of Ware）：据说大可容 12 人。

2　苦胆汁（gall）：当时墨水的一种成分，gall 也表示愤恨。

3　鹅毛笔（goose-pen）：通常写作 quill-pen，用鹅翎制成。此处托比爵士故意用 goose，是一种文字游戏，因为 goose 语义双关，既表示"鹅"，也指"傻瓜"，暗指安德鲁爵士是个傻子。

4　当时人们认为懦夫的肝脏为白色，无血。——译者附注

5　鹪鹩（wren）：一种小体型鸟，此处用来打趣玛利娅身量短小。

玛利娅	最让人反感的是，他就像一个在教堂里办学校的书呆子。我像凶手一样跟踪着他。他亦步亦趋地按照我丢下诱骗他的那封信去做。他的脸笑得新添了好些皱纹，比增加了东印度群岛的新版地图[1]还多。你从没见过这样一个怪物。我几乎忍不住要去砸他。我知道小姐会打他。要是她打了，他定会笑逐颜开，认为这是大恩宠呢。
托比爵士	快，带我们去，带我们到他那儿去。 众人下

第三场 / 第十二景

西巴斯辛与安东尼奥上

西巴斯辛	照我意愿，我本不想麻烦你， 但既然你以苦为乐， 我就不再打击你。
安东尼奥	我不能落在你身后。我的心 比磨好的钢刀还利，刺激我向前， 并非全为了要见你，尽管这种爱 能吸引一个人踏上更远的旅程， 只是担心你的旅途会遇到问题。 你不熟悉这些地方，作为陌生人， 既没向导又没朋友，常遭到

---

1 此处可能指 1599 年出版的地图。与旧版相比，此版上的东印度群岛新增了很多细节。

　　　　　　　　粗暴和恶意对待。我全心全意的爱，
　　　　　　　　还有这些让人害怕的理由，
　　　　　　　　让我动身来追你。
西巴斯辛　　　好心的安东尼奥，
　　　　　　　　我无话应答，除了感谢，
　　　　　　　　还是感谢，好心总是
　　　　　　　　遭遇这样不值钱的报答。
　　　　　　　　但假如我的财富，和我的良心一样可靠，
　　　　　　　　你会得到更好的回报。我们要做什么？
　　　　　　　　我们去观光一下城里的古迹吧？
安东尼奥　　　明天吧，先生。最好先去看一下你的住处。
西巴斯辛　　　我不累，现在离天黑还早。
　　　　　　　　我求你先让我们饱一下眼福
　　　　　　　　瞧瞧纪念碑和地方名胜，
　　　　　　　　这个城市因此而出名。
安东尼奥　　　请你原谅我。
　　　　　　　　我行走在这些街道很是危险。
　　　　　　　　曾经有一次对抗公爵船只的海战，
　　　　　　　　我参与其中，战绩还挺辉煌，
　　　　　　　　假设我在此地被抓获，那可不好对付。
西巴斯辛　　　估计你杀了他不少人。
安东尼奥　　　冲突并没有那么血腥。
　　　　　　　　尽管形势和争执的性质
　　　　　　　　很可能让我们展开血战。
　　　　　　　　整件事端本可解决，只要我们偿还
　　　　　　　　从他们那里取走之物。为交易之故，
　　　　　　　　我们城市大多如此行事，只有我与众不同。

因此，如果我在此地被捉，

我付出的代价将会巨大。

西巴斯辛　　那就不要总出来走动。

安东尼奥　　那不适合我。等一下，先生，（递过钱袋）这是我的钱袋。

在南郊，有家大象客栈，

最适合安顿。我先去订餐，

你可去消磨一下时间在城里四处看看，

长长见识。你可在客栈找到我。

西巴斯辛　　为何给我钱袋？

安东尼奥　　也许你会看上哪个玩意儿，

想把它买下，你的积蓄，

我想，不够在市场闲逛，先生。

西巴斯辛　　我会保管好你的钱袋，和你分开

一个钟点。

安东尼奥　　到大象客栈。

西巴斯辛　　我记住了。　　　　　　　　　　　　　　同下

第四场　　/　　第十三景

奥丽维亚与玛利娅上

奥丽维亚　　（旁白）我已派人去请他了，他答应就来。

我该怎样宴请他？赠他何物？

年轻人常常能收买，却不能恳求或借来。

我说话声音太响——

马伏里奥在哪里？他严肃守礼，

是非常适合我身份的下人。

马伏里奥在哪里？

玛利娅	他就来，小姐，但举止古怪。他肯定疯了，小姐。
奥丽维亚	咦！怎么回事？他是否说疯话？
玛利娅	不，小姐。他啥也不做就是傻笑，要是他过来了，小姐您身边最好有个保镖，因为他确实头脑有问题。
奥丽维亚	去叫他过来。（玛利娅去叫马伏里奥）——我和他一样疯狂，假如悲伤发疯与欢乐发疯一个样。

马伏里奥上，着黄袜子，袜带十字交叉

怎么样，马伏里奥？

马伏里奥	亲爱的小姐，您好，您好。
奥丽维亚	你在笑？我找你来是为了一件伤心事。
马伏里奥	伤心，小姐？我会伤心的。这种做法确实阻碍了血液，这样交叉绑袜带，但那又怎么样？如果这入了一个人的眼，对我来说恰像那首真实的诗："取悦一人，就取悦了所有人"。
奥丽维亚	咦，你怎么了，你这个人？你发生了什么事？
马伏里奥	虽然我腿上是黄的，我的心却不黑。那个东西已到他手中，指令一定遵从。我想我们都认识那手可爱的罗马字体。
奥丽维亚	你要不上床去吧，马伏里奥？
马伏里奥	上床？好的，亲爱的，我这就跟您去。
奥丽维亚	上帝！你为何笑成那样，还老去吻自己的手[1]？
玛利娅	你怎么啦，马伏里奥？
马伏里奥	你来问我！是的，这是要夜莺应答寒鸦。

---

1 吻手礼是朝臣之间流行的问候方式。

玛利娅	你为何在小姐面前如此荒唐冒失？
马伏里奥	"不要惧怕高贵。"写得真好。
奥丽维亚	这句话什么意思，马伏里奥？
马伏里奥	"有人生来高贵"——
奥丽维亚	啊？
马伏里奥	"有人赢来高贵"——
奥丽维亚	你说什么？
马伏里奥	"还有人是高贵逼上身来。"
奥丽维亚	上帝保佑你！
马伏里奥	"想想是谁称赞过你的黄袜子"——
奥丽维亚	你的黄袜子？
马伏里奥	"希望看到你交叉着绑袜带。"
奥丽维亚	交叉着绑袜带？
马伏里奥	"去吧，如果你希望如此，你已经做到了"——
奥丽维亚	我做到了？
马伏里奥	"否则，我还是把你当作管家来看。"
奥丽维亚	咦！这是十足的仲夏 [1] 疯症。

仆人上

仆人	小姐，奥西诺公爵那边的年轻侍从已回转。我差点儿没把他请回来。他在等您的召见。
奥丽维亚	我去见他。 仆人下
	好玛利娅，这家伙得看住。托比叔父在哪里？找几个下人好好照管一下马伏里奥。我宁愿拿出一半嫁妆也不愿他作怪。

奥丽维亚与玛利娅下

1　仲夏（midsummer）：常被认为是发疯的季节。

| 马伏里奥 | 哦，哦！如今你算明白我了？叫托比爵士而非旁人来照看我！这和那封信正吻合。她故意遣他来，我就能为难他一下，她在信里正是这样怂恿我的。"蜕去你的寒酸外表，"她说，"要与族人对抗，对下人更得如此。你口中应谈论国家大事；举止应与众不同。"还因此规定了怎样做，例如，严肃的面孔、庄严的举止、慢条斯理的谈吐、名士的做派，等等。我已经把她捕获，但这是朱庇特的功劳，朱庇特让我心怀感激。她离开的时候，说："这家伙得看住。"家伙？不是马伏里奥，不按我的身份叫我，叫我家伙。咦，所有事情放在一起，没有一丝可疑之处，没有一丁点儿可疑，没有阻碍，没有不可信或不安全的情形——怎么说呢？没有什么能阻挡我来全面实现我的愿望。啊，朱庇特，做成这一切的不是我，而是要感谢他。 |

托比、费边与玛利娅上

托比爵士	以神圣的名义，他在哪儿？即使地狱里所有的魔鬼都集中起来，即使群魔[1]亲自附在他身上，我也要和他说句话。
费边	他在这儿！他在这儿！你怎样了，先生？你怎样了，伙计？
马伏里奥	滚开！我讨厌你。让我享受一下清静。滚开！
玛利娅	瞧！魔鬼的声音正从他身体里传出！我不是告诉过你们了？托比爵士，小姐请你照管一下他。
马伏里奥	哈哈，她这样做的？
托比爵士	来，来，慢点儿，慢点儿。我们必须对他温和点儿。让我自己来吧。——你好吗，马伏里奥？你怎么了？什么，伙计，要挑战魔鬼！三思啊，那可是人类的敌人。
马伏里奥	你知道自己说什么吗？

1　群魔（Legion）：指《圣经》里的许多魔鬼，托比爵士把这个词当成了魔鬼的名字。

玛利娅	你瞧，如果你咒骂魔鬼，他会记在心里！上帝保佑，他别中邪！
费边	把他的小便送到女巫医那里。
玛利娅	好的，要是我活着，明早就送去。我家小姐不愿失去他，即便花费超过我说的数目。
马伏里奥	怎么样，姑娘？
玛利娅	啊，上帝！
托比爵士	求你保持安静，这不是办法。你没看到你激怒他了吗？让我一人来对付他。
费边	除了温和别无他法，温和，温和。魔鬼粗暴，我们不能以暴制暴。
托比爵士	嗨，怎么样，好伙计？你好吗，小鸡？
马伏里奥	先生！
托比爵士	好的，母鸡，跟我来。什么，老兄，和撒旦一起玩往洞里投樱桃核的游戏不体面。绞死他，恶鬼！
玛利娅	让他说祷词，好托比爵士，让他祈祷。
马伏里奥	我的祷词？你这个贱妇。
玛利娅	不，我早说过他可听不进上帝的话。
马伏里奥	走！你们统统该把自己绞死！你们这些无聊肤浅的东西。我和你们不一类。过后你们会知道得更多。 下
托比爵士	这场戏还能演下去吗？
费边	假如这是舞台演出，我会骂它是胡编乱造。
托比爵士	他的天才让他入戏很深，老兄。
玛利娅	不对，得跟上他，以免这场戏穿帮露馅。
费边	咦，我们会真把他搞疯的。
玛利娅	那这府邸就安静多了。
托比爵士	来，我们把他关进一间黑屋子捆起来。我侄女已经相信他

疯了。我们就顺水推舟，让我们开心的同时还惩罚了他。
等我们腻烦了这场消遣，我们再去可怜他。到那时，我们
会把这场谋划公之于众，还要为你加冕，封你做疯子的陪
审员。就这么办，就这么办！

安德鲁爵士上

费边　　　　五月节又添新料了。

安德鲁爵士　（拿出一纸）这是挑战书，读吧。我保证里面醋和胡椒俱全。

费边　　　　火辣吗？

安德鲁爵士　对，火辣！我保证。快读读。

托比爵士　　给我。（读信）"年轻人，不论你怎样，你这家伙都一钱不
　　　　　　　值。"

费边　　　　好，够英勇。

托比爵士　　（读信）"别怀疑，别吃惊我为何这样叫你，我也不会跟你
　　　　　　　解释。"

费边　　　　写得好！这样你就不会卷入法律纠纷了。

托比爵士　　（读信）"你来找奥丽维亚小姐，我看她对你不错。但你满
　　　　　　　口谎言。这不是我向你挑起决斗的理由。"

费边　　　　（旁白）很简洁，却意味深长——或者毫无意义。

托比爵士　　（读信）"回家路上我将把你伏击，那也是你杀死我的时
　　　　　　　机"——

费边　　　　好。

托比爵士　　（读信）"像一个流氓和混蛋，你把我杀害。"

费边　　　　你总是站在法律上安全的那一边。好。

托比爵士　　（读信）"再见，愿上帝怜悯我们俩其中一人的灵魂！他可
　　　　　　　能会怜悯我的灵魂。但我存活的希望更大，因此你要小心。
　　　　　　　你的朋友，看你怎样对待他，和你不共戴天的仇敌。
　　　　　　　　　　　　　　　　　　　　　　安德鲁·艾古契克"

要是这封信还不能让他行动起来，他的腿估计是不能动。我去给他送去。

玛利娅　你会有一个很好的时机送信。他正在和我家小姐交谈，不久将告辞出来。

托比爵士　去吧，安德鲁爵士。要像个看守一样代我在花园角落里守着他：一旦看到他，就拔剑，拔的时候要大声喝骂，因为很多时候一句可怕的咒骂，带着恐吓的腔调和尖厉的鼻音，会比动手赢来更多对男子气概的赞美。去吧！

安德鲁爵士　不错，骂人让我一人来做。　　　　　　　　　　　下

托比爵士　如今我不会去送信。那位年轻绅士的举止流露出他的见识和出身都不错。他往来于公爵和我侄女之间能充分证明这一点，因此这封信，无知透顶，不会对这位年轻人造成恐慌。他会发现这出于一名蠢货之手。但是，先生，我会口头传达他的挑战，树立艾古契克异常英勇的形象，让这位绅士知道关于他的愤怒、武艺、狂暴和冲动的可怕议论，据我所知，年轻人最容易上当。这会让他俩都胆战心惊，像蛇怪[1]一样看一眼对方就会彼此身亡。

奥丽维亚与薇奥拉上

费边　他和你侄女过来了。别打扰他们，等到他告辞再跟在他后面。

托比爵士　我得趁机考虑怎样把挑战说得可怕。

托比爵士、费边与玛利娅下

奥丽维亚　我对一个石头心肠说得太多，
太轻易就暴露了自己的名誉。
我从内心深处责备自己的错误。
但这个错误如此顽固强硬，

1　蛇怪（cockatrice）：在神话传说中其目光可致命。

	竟然把责备来嘲弄。
薇奥拉	您的举止来自激情，
	却和我主人悲伤的样子相同。
奥丽维亚	来，请为了我戴上这件珠宝，这是我的肖像。
	莫拒绝，它不会开口搅扰你。
	还求你明日再来走一趟。
	你有什么向我要求而我拒绝的?
	只要不损害名誉我都答应。
薇奥拉	我只要一样：您对我主人的真爱。
奥丽维亚	为了我的荣誉，我怎能给他
	我已经给你的东西?
薇奥拉	我可以还给您。
奥丽维亚	好的，明日再来。再见。
	你如魔鬼会把我的灵魂带到地狱。 下

托比与费边上

托比爵士	年轻人，上帝保佑你。
薇奥拉	也保佑你，先生。
托比爵士	你要采取措施来防御。我不知你对他做错了什么，但有个满腹怨恨的人像血腥的猎手一般，埋伏在果园尽头等着你。拔出你的剑，快快准备，因为袭击者敏捷、老练而且无情。
薇奥拉	你弄错了，先生。我确信没人和我争吵过。在我的记忆里，我从未冒犯过任何人。
托比爵士	你会发现相反的事情，我向你保证。因此，如果你还珍视自己的生命，防卫起来吧，因为你的对头浑身都是青春、力量、本领和怒气。
薇奥拉	请问，先生，他是怎样的人?
托比爵士	他是个爵士，佩着未沾血的剑靠王室关系而受封。但在私

下打斗中，他是个恶魔，曾使三个人的灵魂和肉体分离。他此刻正怒不可遏，唯有看到人死亡入土才心满意足。不管不顾是他的格言，不是你死就是我亡。

薇奥拉　　　我要返回府上请小姐派些护卫。我不擅打斗。听说有些人故意挑衅他人来彰显英勇。这位奇人估计亦属此类。

托比爵士　　先生，你错了。他的愤怒源于特别的伤害，有充足理由，因此你还是出去满足他的愿望吧。你不能回到府中去，除非你用要和他决斗的胜算先和我决斗，因此，出去吧，拔出你的剑，你必须应战，这是注定的，否则你就别佩剑。

薇奥拉　　　这真是既荒唐又粗鲁。请求你帮我一个忙，去探询一下这位爵士，我怎样冒犯了他。那一定是我的无心之过，绝不是我故意为之。

托比爵士　　我可以去。费边先生，在我回来之前守着这位绅士。

托比下

薇奥拉　　　请问，先生，你了解这件事吗？

费边　　　　我知道那名爵士对你很生气，甚至想决一死战，但不知道更多情况。

薇奥拉　　　我求你告诉我他是个什么样的人？

费边　　　　从外表看去，他没什么出众，但你能在打斗中发现他的英勇。真的，先生，他是你在整个伊利里亚所能找到的最老练、最血腥、最无情的对手。你要走过去会他吗？要是我行，我会代你找他调停。

薇奥拉　　　那我就感激不尽了。我这个人更像一名教士而非骑士。我不在乎大家知道我有多少勇气。

同下

托比与安德鲁上

托比爵士　　啊！老兄，他真是个魔鬼！我从没见过这样的辣货。我和他交了一回手，剑、鞘都用上，他给我致命一击，简直无

　　　　　　　　法回避。他回手时，百击百中，像你双脚踩在地上一样确
　　　　　　　　定。他们说他曾在波斯国王那里当过剑客。

安德鲁爵士　糟糕！我不能和他交手。

托比爵士　是呀。但他现在可不会罢手。费边在那边几乎堵不住他了。

安德鲁爵士　该死！要是我知道他那样勇猛，剑术精妙，在向他挑战之
　　　　　　　　前我得先看到他完蛋。请他放过这件事吧，我可以送他我
　　　　　　　　的骏马，灰色的卡皮雷。

托比爵士　我来试试。站在这儿，样子端正点儿。——（旁白）这件事
　　　　　　　　可以毫发无伤地结束。嘿，我能像驾驭你一样驾驭你的马。

费边与薇奥拉上

　　　　　　　　（旁白。对费边）我牵走他的马来平息这场争执。我已经让
　　　　　　　　他相信那位年轻人是个魔鬼。

费边　他和安德鲁爵士一样吓坏了，气喘吁吁满脸苍白，好像一
　　　　　　　　头熊撵着他脚后跟追。

托比爵士　（对薇奥拉）没救了，先生。他发誓一定要和你交手。嗯，
　　　　　　　　他又好好想了想争吵的缘由，发现其实微不足道，因此为
　　　　　　　　了他的誓言拔出你的剑。他保证不会伤你。

薇奥拉　（旁白）求上帝保护我！一件小事就能让我向他们坦白自己
　　　　　　　　多么缺乏男子汉气概。

费边　（对薇奥拉）如果看他狂暴，你就退后一步。

托比爵士　来吧，安德鲁爵士，没救了。那位绅士，为了荣誉的缘故，
　　　　　　　　要和你交一回手。按决斗的规矩他没法取消。但他已经答
　　　　　　　　应我，作为一名绅士和士兵，他不会伤害你。来吧，开
　　　　　　　　始吧。

安德鲁爵士　祈求上帝让他遵守诺言！

安东尼奥上

薇奥拉　（对费边）我向你保证，这违背了我的意愿。（他们拔剑）

安东尼奥	放下剑。若这位年轻绅士
	冒犯了你们，我来承担错误。
	若你们冒犯他，我替他教训你们。
托比爵士	你，先生？咦，你是做什么的？
安东尼奥	一个朋友，先生，因为爱他，
	敢比你们听他夸耀的做得更多。
托比爵士	（他们拔剑）好啊，如果你来搅局，我奉陪。

众巡吏上

费边	啊，好托比爵士，停手！巡吏来了！
托比爵士	（对安东尼奥）我很快就过来会你。
薇奥拉	（对安德鲁爵士）求求你，先生，如果你愿意，把剑放下吧。
安德鲁爵士	嗯，我会放下的，先生。就像我答应过你的，我会说到做
	到。他骑上去很轻松，缰绳也很好控制。
巡吏甲	（指着安东尼奥）就是这个人，抓走吧。
巡吏乙	安东尼奥，我依奥西诺公爵的指控逮捕你。
安东尼奥	你认错人了，先生。
巡吏甲	没错，先生，一点儿也没错。你的脸我记得很清，
	尽管现在你头上没戴海员帽。
	带他走，他知道我很了解他。
安东尼奥	（对薇奥拉）我服从。　　我是出来找你的。
	但现在没办法了，我得承受。
	你该怎么办，我现在不得不
	向你要回钱袋？我更伤心的
	是我不能为你出力
	而不是我的倒霉事。你那样吃惊；
	但请放心。
巡吏乙	好了，先生，走吧。

安东尼奥	（对薇奥拉）我必须得求你分一些钱给我。
薇奥拉	什么钱，先生？
	你在此地对我好心帮助，
	我对你目前的困境也很同情。
	我能力微弱，
	但会借给你钱。我囊中也不充盈，
	就把现有的分给你一半。
	（递上钱）留步，请拿去我一半的钱。
安东尼奥	你如今要拒绝我吗？
	难道我为你做那么多
	却不能说动你？别测试我的痛苦，
	它会让我变成不那么高尚的人，
	用那些我曾待你的好意
	来数落你。
薇奥拉	我谁也不认识。
	我也不认得你的声音或相貌。
	我恨一个人忘恩负义
	超过他撒谎、炫耀、唠叨、酗酒，
	或任一种恶行，它的强腐蚀性
	存在我们脆弱的血中。
安东尼奥	啊，上帝！
巡吏乙	来，先生，请走吧。
安东尼奥	让我再说一点儿。你们在此看到的这位年轻人，
	我把半死的他从死神口中夺下，
	用圣洁的爱来让他放松，
	至于他的形象，我觉得
	很受尊敬，我也很热爱。

巡吏甲	这与我们有何关系？时间不早了，走！
安东尼奥	可是，啊！这尊神变成了卑鄙的偶像。
	西巴斯辛，你愧对一副好皮囊。
	品性毫无瑕疵，除了心灵污秽。
	没人能称残疾，除了不良之辈。
	德高即美，但美丽的恶棍
	是空匣子上缀满魔鬼做陪衬。
巡吏甲	这个人疯了。带他走！走吧，走吧，先生。
安东尼奥	带我走吧。　　　　　　　　　　　　　　　*与众巡吏下*
薇奥拉	（*旁白*）我感到他的话中带着激愤，
	他言之凿凿，我却不相信。
	成真，幻想，啊，成真，
	亲爱的兄长，我被当成了你！
托比爵士	这边来，爵士。你也来，费边。（*他们退至一旁*）我们要鼓
	捣出一两句顶堂皇的格言。
薇奥拉	他提到西巴斯辛。我知道兄长
	还活着，跟我一个模样。
	这一切都是我兄长的形象，他仍是
	这个装扮。颜色、衣饰
	都是我在模仿他。啊，若真这般，
	暴风雨变慈悲，海浪也因爱而不咸。　　　　　　　　*下*
托比爵士	一个阴险卑鄙的小子，胆子比兔子还小。不顾朋友需求还
	不认朋友，这让他的阴险暴露。至于他的怯懦，问费边
	可知。
费边	懦夫，一个最虔诚的懦夫，信奉的正是怯懦。
安德鲁爵士	上帝！我去追上揍他一顿。
托比爵士	去吧，好好揍他一顿，不过别拔剑。

第 十 二 夜

82

安德鲁爵士　如果我不——

费边　来，让我们看看结局如何。

托比爵士　我敢赌上所有的钱，保证啥事也不会发生。　　　　众人下

第 四 幕

第一场 / 第十四景

西巴斯辛与小丑费斯特上

费斯特　　你是说我不是派来找你的?

西巴斯辛　一边去,一边去,你这个傻瓜,
　　　　　　让我别看见你。

费斯特　　好的,装得真像! 不错,我不认识你,我也不是我家小姐
　　　　　　派来找你,来请你去和她说话的。你的名字也不是西萨里
　　　　　　奥少爷,这也不是我的鼻子。啥都不是,就这样。

西巴斯辛　我求你到别处发傻,别对着我。

费斯特　　发傻! 他肯定从某个大人物那儿听过这个词,现在用到一
　　　　　　个傻丑身上。发傻! 恐怕世人要证明这个大笨傻子只是一
　　　　　　名被宠坏的孩童。我现在求你收起你的荒诞不经,告诉我
　　　　　　该怎样向我家小姐汇报。我能告诉她您要来了么?

西巴斯辛　我请求你,愚蠢的希腊人[1],走开。(递上钱)给你钱。若你
　　　　　　再延宕,我要对你不客气。

费斯特　　说真的,你出手大方。给傻子钱的聪明人为自己赢得好名
　　　　　　声——给钱得给够十四年。

安德鲁、托比与费边上

安德鲁爵士　现在,先生,又让我碰见了? (剑击西巴斯辛)看剑。

西巴斯辛　(痛击安德鲁爵士)咦,接招,接着,再接。所有人都疯了?

1　希腊人（Greek）: 指说胡话者。

托比爵士	停，先生，否则我会把你的剑扔到房顶。
费斯特	我要马上告诉我家小姐。我不会为两便士就为你们任一人帮腔。 　　　　　　　　　　　　　　　　　　　　下
托比爵士	快住手，先生，停！
安德鲁爵士	不错，别管他了。我会用别的方法来对付他。我要控告他攻击，如果伊利里亚有法律的话。尽管我刺他在先，这也不要紧。
西巴斯辛	放手。
托比爵士	来，先生，我不会放你走。来，年轻的士兵，举起剑。你满腔斗志。来吧。
西巴斯辛	我要摆脱你。你如今想干什么？如果你胆敢得寸进尺，就拔剑吧。
托比爵士	什么，什么？不错，那我必须得让你流一两盎司放肆的血。

奥丽维亚上

奥丽维亚	住手，托比！我命令你，住手！
托比爵士	小姐！
奥丽维亚	怎么总是这样？忘恩负义的混蛋， 只配住到荒山野穴里去， 那儿永远都不用讲礼貌！离开我的视线！ 没冒犯你吧，亲爱的西萨里奥。—— 野蛮人，快走！　　　　托比爵士、安德鲁爵士与费边下 　　　　我请求你，温柔的朋友， 让你用优秀的智慧，而非感情来对待 这次无礼、无信义的袭击， 它惊扰了你的安静。随我到府上， 来听听这位混蛋曾干过 多少没出息的闹剧，那么你

会对此也一笑置之。你得跟我走，

别推辞。替我诅咒他的灵魂，

他惊吓了你心中我那颗可怜的心。

西巴斯辛 （*旁白*）这里面有何深意？这条河要流向何方？

不是我疯了，就是梦一场。

任幻觉把我的意识永浸在忘川河 ¹ 水。

如果能这般做梦，就让我永远酣睡！

奥丽维亚 来，请跟我来。希望你能受我支配！

西巴斯辛 小姐，我愿意。

奥丽维亚 啊，你要说到做到！ 同下

第二场 / 第十五景

玛利娅与小丑费斯特上

玛利娅 （*递给他袍子和胡须*）来，请你穿上这件袍子戴上胡须，让他相信你是牧师托帕斯先生。快点儿。我这就去叫托比爵士。 下

费斯特 好吧，我要穿上它，然后我就把自己掩藏起来了。我希望我是第一个穿着这样的袍子去骗人。（*穿戴好袍子和胡须*）我不够高，牧师角色扮不好；我不够瘦，不像好学生。但如果被称赞是一位诚实的人和一个好管家，听起来和称作

---

1 忘川河（Lethe）：据说是阴间一条使人忘记一切的河流。

认真的人和大学者一样妙。阴谋家们来了。

托比与玛利娅上

托比爵士 朱庇特保佑你，牧师先生。

费斯特 日安，托比爵士。布拉格的老隐士从没见过笔和墨水，却对高波杜克国王的侄女说过非常智慧的话："彼是皆如是"。那么，我做了牧师先生，就是牧师先生；何为"彼"又不是"彼"，何为"是"又不是"是"？

托比爵士 去会他吧，托帕斯先生。

费斯特 什么，啊，我说？愿平静降临这间牢房。

托比爵士 这个无赖模仿得好，一个好无赖。

马伏里奥 谁在那儿叫？ 　　　　　　　　　　　　　幕内

费斯特 托帕斯先生，副牧师！来拜访疯子马伏里奥。

马伏里奥 托帕斯先生。托帕斯先生，好托帕斯先生，去找我们小姐。

费斯特 出去！狂暴的魔鬼！你怎能这样折磨这个人！你除了小姐能不能说点儿别的？

托比爵士 说得好！牧师先生！

马伏里奥 托帕斯先生，从没有人这样被冤枉过。好托帕斯先生，不要认为我疯了。他们把我关在这可怕的黑暗中。

费斯特 呸！你，阴险的撒旦！我用最客气的语言来称呼你，因为我是以礼相待魔鬼的温和人士之一。你说这间屋子黑？

马伏里奥 黑得像地狱，托帕斯先生。

费斯特 它的凸窗像屏障一样透明，朝南北的天窗如乌木般光亮，你为什么还抱怨看不见？

马伏里奥 我没疯，托帕斯先生。我跟你说，这是间黑屋子。

费斯特 疯汉，你错了。我是说这里没有黑暗，只有愚昧，身在其中的你比雾中的埃及人[1]还迷茫。

---

1 埃及人（Egyptians）：在《圣经》中，上帝让埃及人处于黑暗中长达三天，以示惩戒。

马伏里奥	我说，这间屋子黑得像愚昧，假使愚昧像地狱一样黑暗。我是说从没有人遭此虐待。我并不比你更疯。可用任何常识性问题来验证。
费斯特	毕达哥拉斯关于野禽的观点是什么？
马伏里奥	他说我们祖母的灵魂可能住在鸟身上。
费斯特	你认为他的观点怎么样？
马伏里奥	我很尊崇灵魂，没办法同意他的观点。
费斯特	再会。你继续待在黑暗中吧。你要接受毕达哥拉斯的观点，不敢去杀山鹬，怕因此逐走你祖母的灵魂，我才会承认你心智正常。再会。
马伏里奥	托帕斯先生，托帕斯先生！
托比爵士	顶级聪明的托帕斯先生！
费斯特	嗯，我无所不能！
玛利娅	没有胡须和袍子你也能做到。他看不见你。
托比爵士	去用你自己的声音和他说说话，告诉我他怎么样了。我希望我们好好了结这场把戏。如果他能被顺当地放出来，我希望如此，因为我现在大大触怒了我的侄女，我不能毫发无损地把这场恶作剧进行到底。一会儿到我住处来。

托比爵士与玛利娅下

费斯特	（唱）

"嗨，知更鸟，快乐的知更鸟，
告诉我你家小姐怎么样。"

马伏里奥	傻子！
费斯特	（唱）

"我家小姐不友善，上帝啊。"

马伏里奥	傻子！

费斯特	（唱） "哎呀，她为何那个样儿？"
马伏里奥	傻子，我叫你呢。
费斯特	（唱） "她爱上了别人"—谁在叫，哦？
马伏里奥	好傻子，你会从我手中获益的，帮我弄根蜡烛，还有笔、墨水和纸。因为我是名绅士，我会终生为此感激你。
费斯特	马伏里奥先生？
马伏里奥	对，好傻子。
费斯特	哎呀，先生，你怎么心智失常了？
马伏里奥	傻子，从没有人像这样被粗暴虐待。我心智正常，傻子，和你一样。
费斯特	真的一样？那你真的疯了，若你的心智并不比一个傻子强。
马伏里奥	他们把我丢到这儿，把我关在黑暗里，还派牧师过来，都是蠢驴，他们想尽办法要把我逼疯。
费斯特	注意你说的话，牧师在这儿呢。—— （以托帕斯先生的口吻）马伏里奥，马伏里奥，愿上天恢复你的心智！ 试着睡着吧，别再徒费口舌了。
马伏里奥	托帕斯先生！
费斯特	（以托帕斯先生的口吻）别跟他说话了，好兄弟。—— （以自己的口吻）谁，我，先生？不是我，先生。上帝和你在一起，好托帕斯先生。—— （以托帕斯先生的口吻）好的，阿门。—— （以自己的口吻）我会的，先生，我会的。
马伏里奥	傻子，傻子，傻子，我说！
费斯特	哎呀，先生，耐心点儿。你说什么，先生？我被禁止和你

说话。

马伏里奥　好傻子，帮我弄些灯火和纸张。我告诉你我和伊利里亚所有人一样心智正常。

费斯特　愿你正常，先生。

马伏里奥　凭我的手发誓，我心智正常。好傻子，弄些墨水、纸张和灯火，然后把我要写下来的带给小姐。你获得的好处将远远超过以前送信所得。

费斯特　我会帮你送到。但告诉我实话，你真的没疯？还是你只是装疯？

马伏里奥　相信我，我没疯。我跟你说的是真的。

费斯特　不，我永远不会相信一个疯子，除非我看到他的脑子。我会为你弄灯火、纸张和墨水。

马伏里奥　傻子，我会最大限度地回报你。我请求你快去。

费斯特　我走了，先生，

（唱）

要不了多久，先生，

我会再回到你身旁，

只是一转头，

就像老傻丑，

来帮你把魔鬼抵抗，

手拿细木刀，

怒气冲冲又暴躁，

朝魔鬼大叫"啊哈！"，

像个疯小哥。

修你的指甲吧，老家伙 [1]。

1　老家伙：原文 dad，与前面的 Vice 相对应，因为 Vice 有时被描述为魔鬼的儿子。

再见，佃农¹罗刹。　　　　　　　　　　　　　　　　　　　下

第三场　/　第十六景

西巴斯辛上

西巴斯辛　这是空气，那是灿烂的太阳。

（举起一珍珠）她送我这颗珍珠，我摸得着也看得见。

尽管这场奇遇让我如此茫然，

我可没疯。安东尼奥在哪里？

我在大象客栈没找到他。

但他确曾去过，那里有人说

他在城里四处找我。

他的意见如今对我好比金玉良言，

因为尽管我的灵魂和感觉相契，

可能哪里出错了，不会是发疯。

然而这次突然扑面而来的好运

如今超出了一切先例和可能，

我几乎不相信自己的眼睛

并怀疑自己的理智，理智说服我

相信除了我疯了之外的一切，

1　佃农（goodman）：指绅士以下的自耕农或佃农（yeoman/peasant），此处指马伏里奥只是
个管家，称不上绅士。

或者那位小姐疯了；然而，果真如此的话，

她不可能打理家务、号令下人，

处理事务、派遣调度，

如此顺溜、谨慎而沉稳，

正像我瞧见的。这其中

估计有诈。小姐来了。

奥丽维亚与牧师上

奥丽维亚　　别责怪我太匆忙，如果你是认真的，

现在随我和这位牧师

一同去旁边的小教堂。在那儿，当着他，

在神圣的屋顶之下，

对我发誓保证你的忠诚，

我那极爱嫉妒又多疑的灵魂

才会获得平静。他会保密，

直到你愿意公之于众。

那时我们可以按照我的身份

举行庆典。你意下如何？

西巴斯辛　　我会随这位好人，与你同去。

宣誓以后，永不会背弃。

奥丽维亚　　领路吧，好神父，愿上帝灿烂光明，

能衷心赞同我的这番举动！

众人下

第五幕

第一场 / 第十七景

小丑费斯特与费边上

费边　　喂，如果你爱我，让我看看他的信。

费斯特　亲爱的费边先生，提一个别的要求吧。

费边　　任何事情？

费斯特　别想着看这封信。

费边　　这好比送人一条狗，再把狗要回去作为补偿。[1]

公爵奥西诺、薇奥拉、丘里奥与众贵族上

奥西诺　朋友，你们都是奥丽维亚小姐的人？

费斯特　对，先生，我们是她的跟班。

奥西诺　我熟悉你。你怎么样，好伙计？

费斯特　说实话，先生，敌人让我变得更好，朋友让我更糟。

奥西诺　说反了，朋友让你更好啊。

费斯特　不，先生，更糟。

奥西诺　怎么可能？

费斯特　哦，先生，他们夸我让我变成蠢驴。我的敌人则直接说我就是蠢驴；所以从敌人那里，先生，我更了解自己，但从朋友那里，我只会上当受骗；所以，结果就像索取亲吻，四个否定答复意味着你得到两个肯定。因此，朋友让我更

1　此句指一件宫廷轶事。伊丽莎白女王一世（Elizabeth I）向她的族人博林博士（Dr Boleyn）要了一条狗，答应他可以要求任何东西作为补偿。随后，博林博士要求把这条狗送还他作为补偿。

	糟而敌人让我更好。
奥西诺	咦，说得好。
费斯特	其实，先生，不好，尽管这番话让您高兴，成为我的一个朋友。
奥西诺	你不会因我更糟糕。（递过一金币）赏你点儿钱。
费斯特	若不是怕二重欺诈，先生。我希望您能再给一个。
奥西诺	啊，你的建议不地道。
费斯特	把您的规矩收进口袋，先生，这一次，让您的血肉服从我的建议。
奥西诺	好吧，我要犯二重欺诈罪了。（又递过一金币）再赏给你一个。
费斯特	"第一、第二、第三"是个好游戏。老话说：第三次最幸运。音乐中的三节拍，先生，在舞曲中最妙；或者圣班纳特教堂的钟，先生，也能让你记起：一、二、三。
奥西诺	用这一手别想再从我这儿骗到钱。如果你让你家小姐知道我来这儿要和她说话，带她和你一起来，或许能再次唤醒我的慷慨。
费斯特	好的，先生，暂别您的慷慨，等我再回来。我去了，先生。但我不希望您觉得我想要钱犯了贪婪的罪。如您所说，先生，让您的慷慨打个盹儿，我一会儿来把它唤醒。　　下

安东尼奥与众巡吏上

薇奥拉	那个人来了，先生，他救过我。
奥西诺	他的那张脸我记得很清楚， 虽然上次这张脸满是污垢， 在战争的硝烟中黑得像伏尔甘[1]。

1　伏尔甘（Vulcan）：一译武尔坎，罗马神话中的火神，也是众神的铁匠。

他是一艘小轮船上的船长，

因吃水太浅，船身也不值钱，

他竟然凭此船硬攻毁坏

我们舰队中最大的船只，

甚至那些心怀怨恨的失败者

也对他赞不绝口。怎么回事？

巡吏甲　奥西诺殿下，这就是那个安东尼奥，

他把从坎迪开来的"凤凰"号连船带货都劫了，

也是他登上了"猛虎"号

使你年轻的侄子泰特斯丢了一条腿；

在这儿大街上，他没羞没臊

正在私斗，让我们给发现了。

薇奥拉　他曾待我很好，先生，拔剑助我，

但最后却对我说了些奇怪的话。

我不知何意，也许是疯言疯语。

奥西诺　臭名昭著的海盗！你这个海贼！

哪来的愚蠢大胆让你来试他们的慈悲，

在血海深仇中，你早已是

这些人的敌人？

安东尼奥　奥西诺殿下，尊贵的先生，

允许我澄清你赠我的这些称号。

安东尼奥从不曾做过贼或海盗，

尽管我承认，有充足的理由证明，

是奥西诺的敌人。有种巫术引我至此，

那个最忘恩负义的少年就在你身侧，

从汹涌的大海那暴怒、起泡沫的口中，

我把他救起。他奄奄一息几乎丧命。

我给他生命还附加上

我的爱，毫无保留和限制，

全部献给他。为了他的缘故

我把自己暴露——纯粹为了对他的爱——

陷入这座敌城的危险之中，

他遭围攻时我拔剑护他，

在那儿被发现遭逮捕。他的虚伪狡猾——

不愿与我共担危险——

让他当面说不认识我，

二十年的疏远形成于

眨眼之间，他拒还我的钱袋，

我交付于他使用

就在不到半小时之前。

薇奥拉　　　怎么会这样？

奥西诺　　　他什么时候到此城来的？

安东尼奥　　今天，殿下。之前的三个月，

无时无刻，没有一丝间隙，

朝朝暮暮我们都在一起。

奥丽维亚与众侍从上

奥西诺　　　女伯爵来了。看，天使行走在人间。

至于你，伙计——伙计，你说的都是疯话。

三个月来这个年轻人一直在服侍我。

但回头再说吧。把他带下去。

奥丽维亚　　殿下你要什么，除了他得不到的，

哪里需要奥丽维亚效劳？

西萨里奥，你爽约了。

薇奥拉　　　小姐？

奥西诺	亲爱的奥丽维亚——
奥丽维亚	你说什么，西萨里奥？好大人 [1]——
薇奥拉	大人要说话，安静是我的职责。
奥丽维亚	如果还是重弹老调，殿下，
	在我耳中可是又腻又无趣，
	就像音乐过后的号叫。
奥西诺	还是那么残忍？
奥丽维亚	还是那样坚定，殿下。
奥西诺	什么，坚定到了任性？你这个野蛮女人！
	向你不领情的、不吉利的祭坛上，
	我的灵魂献上了最忠诚的祭礼，
	这是从未敬献过的！我该怎么做？
奥丽维亚	只要殿下喜欢，又适合的事情，都可以做。
奥西诺	我为何不该做，如果我想去做，
	像那位处于死亡边缘的埃及贼人 [2]，
	把我的所爱杀害？——野蛮的嫉妒
	有时却看起来很高贵。但听我说：
	既然你一直无视我的爱，
	我大概知晓何方神圣
	把我赶出了我在你恩宠中的真正位置，
	愿你永远做一个铁石心肠的暴君。
	但这个年轻人，我知道他是你的爱，
	对天发誓，我也非常喜爱，

---

1 大人（my lord）：在奥丽维亚口中指西萨里奥，是丈夫的意思。薇奥拉紧接着也用 my lord，指奥西诺殿下。上下两句在 my lord 上构成文字游戏。

2 埃及贼人（Egyptian thief）：一部希腊传奇文学中的人物，死前试图杀害他深爱的俘虏。

我要让他远离那残忍的眼睛，

在那里他称王而他主人却招恨。

来，孩子，跟着我。我已想好怎样出气，

我将牺牲这只我深爱的小羔羊，

（欲走）去折磨鸽子肚里的乌鸦心肠。

薇奥拉 我很高兴、乐意，也心甘情愿，

（欲走）只要您能消气，我死一千次也不遗憾。

奥丽维亚 西萨里奥要去哪里？

薇奥拉 跟他走，我爱他

胜过我爱我的眼睛，胜过生命，

胜过一切，包括我将给妻子的感情。

若我撒谎，你们天神可证

我会受到惩罚，如我辱没爱情！

奥丽维亚 唉，可恶！我被骗了！

薇奥拉 谁骗你了？谁欺负你了？

奥丽维亚 你全忘了吗？才过去多久？

传神父到这里。 一侍从下

奥西诺 （对薇奥拉）过来，我们走！

奥丽维亚 去哪里，殿下？西萨里奥，夫君，留下！

奥西诺 夫君？

奥丽维亚 对，夫君。他能否认吗？

奥西诺 她的夫君，小子？

薇奥拉 不，殿下，我不是。

奥丽维亚 唉，是恐惧带来的胆怯

迫你掩藏自己的真实身份。

莫怕，西萨里奥，接住好运，

做那个你知道的自己，你将

　　　　　　　和你惧怕的人一样了不起。

牧师上

　　　　　　　啊，欢迎，神父！
　　　　　　　神父，我命令你以你的尊严起誓，
　　　　　　　在这儿宣布，虽然不久前我们打算
　　　　　　　守住这个秘密，现在必须
　　　　　　　在时机成熟前宣布，据你所知
　　　　　　　新近发生在这位青年和我之间的事。

牧师　　　一份缔结永恒爱情的合约
　　　　　　　由你俩手挽手共同印证。
　　　　　　　神圣的亲吻是它的誓言，
　　　　　　　戒指交换让它更为坚定，
　　　　　　　这份协议的整个仪式
　　　　　　　由作为牧师的我主持、见证。
　　　　　　　自那时起，钟表告诉我，朝着坟墓
　　　　　　　我行进了两个小时。

奥西诺　　（对薇奥拉）啊，你这个虚伪的小混蛋！你怎么得了，
　　　　　　　等时光在你的皮囊上播下星星灰发？
　　　　　　　或许你的骗术会很快提高，
　　　　　　　连你自己也会被自己毁掉？
　　　　　　　再会，带她走；让你的脚迈向
　　　　　　　你我从此永不相遇的地方。

薇奥拉　　殿下，我发誓——

奥丽维亚　哦，不要发誓！
　　　　　　　留一点儿诚信吧，纵然你非常恐惧。

安德鲁爵士上，头流着血

安德鲁爵士　看在上帝的分上，叫医生！马上再派一个到托比爵士那里。

奥丽维亚	发生什么事了？
安德鲁爵士	他在交手时伤了我的头，让托比爵士同样也头[1]破血流。看在上帝的分上，救命！要是能待在家里，我愿掏四十镑。
奥丽维亚	谁干的，安德鲁爵士？
安德鲁爵士	公爵的侍从，一个叫西萨里奥的。我们还当他是个胆小鬼，谁知他竟是魔鬼的化身。
奥西诺	我的侍从，西萨里奥？
安德鲁爵士	对上帝发誓，他就在这儿！你砍伤我的头真没道理。我对你做的任何事，都是受托比爵士指示。
薇奥拉	你为何对我说这些？我从没伤过你。
	你无缘无故拔剑刺我，
	我对你还是好言好语，没伤害过你。

托比与小丑费斯特上，托比爵士负伤

安德鲁爵士	如果头破血流是伤害，你确实伤害我了。我觉得你并不把头破血流当回事。托比爵士一瘸一拐地进来了。你会听到更多。如果他没喝醉的话，他会真把你好好揍一顿。
奥西诺	现在怎么样了，先生？你发生什么事了？
托比爵士	没什么大不了的，他砍伤了我，就这样。傻子，你看见狄克医生了吗，傻子？
费斯特	哦，他醉了，托比爵士，一个钟头前就醉了。他的眼睛定在早晨八点才转动。
托比爵士	那他就是个流氓，一个慢腾腾的流氓。我恨喝醉酒的流氓。
奥丽维亚	把他带走！谁把他们搞成这样？
安德鲁爵士	我来帮助你，托比爵士，因为我们要一起包扎。
托比爵士	你来帮忙？你这个驴头，鸡冠头，骗子，瘦脸骗子，呆鸥！

---

1 原文 coxcomb，指傻丑（fool）的帽子，形如公鸡鸡冠，在此引申为"头"。

奥丽维亚　　把他弄到床上，照看一下他的伤。

　　　　　　　　　费斯特、费边、托比爵士与安德鲁爵士下

西巴斯辛上

西巴斯辛　　抱歉，小姐，我伤了你的族人。

　　　　　　然而，即使那是我的同胞兄弟，

　　　　　　为了适当的自卫我也不会留情。

　　　　　　你用奇怪的眼神看我，由此

　　　　　　我明白这件事冒犯了你。

　　　　　　原谅我，亲爱的，就算为了

　　　　　　不久前我们对彼此发的誓言。

奥西诺　　一副面孔，一个嗓音，一样装扮，却是两个人。

　　　　　　自然的透镜，是又不是！

西巴斯辛　　安东尼奥，啊，亲爱的安东尼奥！

　　　　　　这几个钟头让我痛苦、备受煎熬，

　　　　　　自打我找你不到！

安东尼奥　　你是西巴斯辛？

西巴斯辛　　你有疑虑吗，安东尼奥？

安东尼奥　　你是如何把自己分开的？

　　　　　　一个分成两半的苹果也比不上

　　　　　　这两个双胞胎这样相像。哪个是西巴斯辛？

奥丽维亚　　太妙了！

西巴斯辛　　（看见薇奥拉）站在那儿的是我吗？我从来都没有兄弟。

　　　　　　我也没有什么神灵特性可以

　　　　　　四处现身。我有个妹妹，

　　　　　　无情的波涛和海浪已把她吞没。

　　　　　　请好心告诉我，你和我有什么亲戚关系？

　　　　　　和我一个国家吗？叫什么名字？父母是谁？

薇奥拉	我来自梅萨林。我的父亲叫西巴斯辛。
	我哥哥也叫作西巴斯辛。
	他葬身水墓的时候也是这样打扮。
	如果鬼魂有外貌能穿衣，
	你一定是鬼魂来吓我们的。
西巴斯辛	我确实是鬼魂，
	但是却被血肉深深包裹，
	这是从在子宫里我就具有的。
	若你是女人，因为别的一切都符合，
	我该让眼泪落在你脸颊，
	说一声："三倍欢迎，溺水的薇奥拉！"
薇奥拉	我父亲眉间有颗痣。
西巴斯辛	我父亲也有。
薇奥拉	辞世那天是薇奥拉出生以来
	数到第十三年。
西巴斯辛	啊，这件事深深烙在我心中！
	他确实在那天完结了人间行动
	正值我妹妹十三岁生日。
薇奥拉	如果阻止我们俩高兴的事情
	只有我的这身盗用男装。
	别拥抱我，直到所有情况
	包括地点、时间和遭遇都连贯，
	说明我是薇奥拉——为了证实
	我要带你去见这城里的一位船长，
	我的女装留在那里，是他好心帮助
	我才得以服侍这位高贵的公爵。
	自此有关我命运的一切事情

都发生在这位小姐和这位公爵之间。

西巴斯辛　（对奥丽维亚）一切都清楚了，小姐，你弄错了。
都是造化根据她的偏好造成的。
你原打算与一位少女订婚，
至于我，你也不算受骗，
你和少女和汉子都订了婚。

奥西诺　（对奥丽维亚）勿惊慌；他的血统还挺高贵。——
（旁白？）如果事情如此，透视镜看起来也真，
我要从这次最幸运的沉船中分一杯羹，——
（对薇奥拉）孩子，你对我说过一千次
你永不会爱女人像爱我一样多。

薇奥拉　我可以一遍遍为那些话发誓；
所有那些誓言都存在心中，真实得
就像那个天体火球
让白昼和黑夜分明。

奥西诺　把你的手给我，
让我看看身着女装的你。

薇奥拉　最先把我救上岸的船长
存着我的女装。他因涉诉讼，
现在正被羁押。告他的马伏里奥
是这位小姐的随从跟班。

奥丽维亚　他会释放他的。把马伏里奥带过来。
不过，哎呀，我记起来了，
他们说这位可怜的侍从疯得厉害。

小丑费斯特持信与费边上

我自己也最疯狂，
竟把他的发疯忘得一干二净。

他怎么样了，伙计？

费斯特　真的，小姐，和任何一个深陷其境的人一样，他已远离魔鬼。这里有他写给您的一封信；我本应在今晨给您，但疯子的信件非福音书，何时交付都无关紧要。

奥丽维亚　打开，读一下。

费斯特　傻子传达疯子的话，这其中大有讲究！（读信）"对上帝发誓，小姐——"

奥丽维亚　怎么，你疯了？

费斯特　不是，小姐，我在读疯话。如果小姐您想听原汁原味的，你得接受该有的腔调[1]。

奥丽维亚　求你用正常理智来读。

费斯特　遵命，小姐。但把他的正常心智读出来就该读成这样。您细想一下，公主，请听。

奥丽维亚　（对费边）你来读，伙计。（后者接过信）

费边　（读信）

"对上帝发誓，小姐，您冤枉我了，世人会知晓的。尽管您把我关在黑屋子，让您的醉鬼叔父看管，但我还是和小姐您一样心智正常。我获得一封您的来信，鼓励我那般行事；那封信完全可证明我做得没错，而您却很丢脸。随您怎么想我。我暂不想考虑我的职责，而要说说我受的伤害。

遭疯狂虐待的马伏里奥"

奥丽维亚　他写的？

费斯特　对，小姐。

奥西诺　这封信倒没多少不正常。

奥丽维亚　看着把他放出来，费边，带他过来。　　　　　　费边下

1　腔调（*vox*）：原文为拉丁语。费斯特显然用疯子的腔调在读信。

	殿下，把这些事再往深处想一下，也许你会乐意
	与其把我当妻子还不如当姐妹。
	你要乐意，挑个日子把婚姻圆满举行，
	就放在寒舍，花费也算我的。
奥西诺	小姐，我非常愿意接受您的提议。——
	（对薇奥拉）你的主人要辞退你。因为你为他尽的职责，
	与你的女性特质严重不符，
	同时也有辱你的温柔和教养，
	既然你称我为主人这么久，
	握着我的手，你从此刻起就是
	你主人的女主人。
奥丽维亚	妹妹！你是我的妹妹了！

马伏里奥与费边上

奥西诺	这是那个疯子？
奥丽维亚	对，殿下，就是这位。——
	你怎么样，马伏里奥？
马伏里奥	小姐，您冤枉了我。
	大大的冤枉。
奥丽维亚	我有吗，马伏里奥？没有。
马伏里奥	（递给她信）小姐，您确实冤枉我了。求您细读那封信。
	您现在不能否认这是您的笔迹。
	如果可以，您能用不同的笔迹和词语，
	或说这并非您的印章，亦非您的文笔。
	您无法否认这一切。那么，就承认吧。
	告诉我，凭着最基本的体面和荣誉，
	您为何传达给我那么明显的爱的信号，
	让我见您时要微笑，要交叉绑袜带，

要穿黄袜子，还要皱眉挑衅
托比爵士和下人？
怀着希望，我顺从你，一切照办，
您为何要伤害我囚禁我，
把我关进一间黑屋子，让牧师造访，
让我变成前所未有、最声名狼藉的
傻瓜和呆鸥？告诉我为什么。

奥丽维亚　哎呀，马伏里奥，这不是我写的。
虽然，我承认，很像那么回事。
但毫无疑问这是玛利娅的笔迹。
现在，我想起来了，是她
最先告诉我你疯了；接着你笑着进来，
衣着也正遵照信里预先
给你的提示。请你放宽心，
这个阴谋如此不怀好意地针对你，
但等我们掌握了起因和始作俑者，
你就既是原告又是法官，
来审理自己的案件。

费边　尊贵的小姐，听我说，
请别让争执和吵闹来
毁掉眼前这美妙时刻，
我对此惊叹不已。唯愿此刻不毁，
我要全部坦白，我和托比
设下此计对付马伏里奥，
起因于他顽固又无礼的行径
惹我们反感。玛利娅写下
这封信是应托比爵士极力请求，

作为酬报，他已娶她为妻。

这是一场无伤大雅的恶作剧，

与其报复不如付之一笑。

假使伤害也能公平衡量，

双方倒是各不相欠。

奥丽维亚 哎呀，可怜的呆瓜，他们确实把你戏弄了！

费斯特 咦！"有人生来高贵；有人赢来高贵；还有人是高贵逼上身来。"先生，在这场戏中，我也是一分子哪，那个托帕斯先生，但这没什么大不了的。"我发誓，傻子，我没疯。"——你还记得吗？"小姐，你为何对着这样一个无趣的流氓发笑？若你不笑，他就没词了。"因此时光流转，迟早报应会来。

马伏里奥 我会报复你们所有人。　　　　　　　　　　　　　　　下

奥丽维亚 他遭到了最可恶的虐待。

奥西诺 追上他，设法让他平静，

他还未给我们说起船长。

等那件事办妥、吉时到来，

我们亲爱的灵魂将会

神圣地结合。——同时，亲爱的姐妹，

我们不离开这里。——西萨里奥，来——

你叫此名，当你是位男性。

但等你以别的装束出场，

你就是奥西诺夫人兼梦幻女王。　　　　除费斯特外，众人下

费斯特 （唱）

当我还是小孩子，

嘿，嚯，风儿刮雨儿下，

懵懂小儿不在意，

因为每天都下雨。

当我长成男子汉，
嘿，嚯，风儿刮雨儿下，
人人防骗防盗把门关，
因为每天都下雨。

当我结婚，唉，成了家，
嘿，嚯，风儿刮雨儿下，
自吹自擂没发达，
因为每天都下雨。

当我成为一老朽，
嘿，嚯，风儿刮雨儿下，
醉汉总是酒上头，
因为每天都下雨。

世界开始于很久前，
嘿，嚯，风儿刮雨儿下，
但不要紧，戏已落幕，
我们愿君天天笑开颜。 　　　　　　　　　下